U0029299

九歌

諸神復活

蔣勳 著

專序 憧憬與悸動

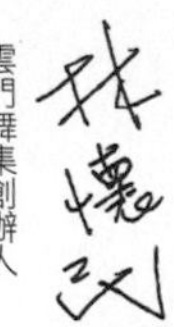

雲門舞集創辦人

每隔一陣子總有人問我，為什麼我常以傳統文化做為當代舞蹈創作的題材。

這樣的問題使我詫異。

在文化自信充沛的國家，傳統是當代的一部分。在英美，希臘悲劇、莎士比亞戲劇在每個時代不斷地被重新詮釋，這是一種自然。沒有人會覺得是一個問題。

傳統文化，不管是民間故事、文學經典或書法美學，都是我的眷戀。

童年時代，白娘子透過漫畫、「七百字故事」、各種戲曲和電影，成為一位可親的女子。同樣的，我覺得寶玉、黛玉、寶釵、熙鳳都是我的朋友，我也在某些朋友中找到他們的影子。而在江邊散髮苦吟的屈原，對我而言始終是個謎樣的人物。我的好奇最後逼著我要去把雲中君、湘夫人這些〈九歌〉中的人物搬上舞台。

傳統文化是生活的一部分，像空氣和水。某種感動沉澱下來，就會呼喚著成為一個作品。

我的西方朋友有時也問我，為什麼我對他們的文化有相當的瞭解，可以跟他們交談討論，而他們對東方，或中國文化卻所知甚少。

百年來政治經濟「西風壓東風」的局勢，造成我們嚮往西方，漠視自己文化的情形。我對那外國朋友說，向西方學習也許是一種「不得不」。

有一天我說，京劇的《伐子都》很像莎士比亞的《馬克白》。跟我一起去看戲的友人笑著糾正我：應該說《馬克白》很像《伐子都》吧！

我很慚愧。我的確是先讀了《馬克白》，再遇到《伐子都》。

做為一個華人，中華文化不一定就在自己身上。傳統文化需要深入學習，像我們認真去學英文。人人努力學英文，我們不知不覺捨近求遠，放棄了血緣的文化。這是慘烈的損失。

在好萊塢電影主掌全球通俗文化，網路無遠弗屆的時代，西方商業文化往往成為許多人全部的「精神食糧」。於是，許多孩子是從迪士尼卡通認識花木蘭。

全球化不應該是自我放棄。傳統含括了民族的敏感和智慧。前人對生命的想像，如何豐富我們的想像，進而用當代的眼光重新詮釋古老的素材，豐富今天的文化，才是正確的課題吧！

懷著這樣的思考，我不知不覺編了一些「古話新說」的舞蹈，讓新世代的觀眾從雲門的舞台認識了白娘子、賈寶玉和雲中君。

從書法美學發展出來的舞作『行草』首演後，我收到不少觀眾信函，說看了舞以後，他們重新體認書法之美，而重拾毛筆。這是對我一生最具鼓勵性的舞評。

謝謝蔣勳先生和遠流出版公司，用深入淺出、活潑生動的方法追索我舞作的根源，讓更多的讀者像當年讀「七百字故事」的我，對傳統文化產生興趣，生命因此壯闊，使我常對著繁星的夜空憧憬，悸動。

新版序 諸神復活

蔣勳

明年，二〇一三年，雲門舞集創團就滿四十年了。

『九歌』是雲門滿二十年的紀念作品。在林懷民個人的創作歷程，或雲門整個團體的舞作風格歷史中，『九歌』或許都有特殊「分水嶺」的意義吧！

〈九歌〉是中國著名的文學經典。

在〈九歌〉之前，林懷民處理過的經典有《白蛇傳》，有《紅樓夢》。

《白蛇傳》是民間傳說衍義發展成家喻戶曉的著名口傳文學、戲劇。人物角色、情節內容都已深入常民生活之中。特別是經由舞台表演影響，即使不識字的民眾，對「白娘娘」、「小青」、「許仙」、「法海」的造型個性都不會陌生。對於「水漫金山」、「盜仙草」，甚至法海「合缽」收妖，把白蛇壓在雷峰塔下，乃至最後「祭塔」等等情節的驚險緊張、悲哀纏綿，也都會有大概的印象。

《紅樓夢》是清初的小說，有廣大的讀者群，又透過戲劇以及近現代的連環圖畫、電影、電視連續劇，使《紅樓夢》這部龐大的文學名著，特別是其中關於林黛玉、賈寶玉的愛情故事部分，也已深入到廣大民間。

做為「經典」，《白蛇傳》與《紅樓夢》，無論情節或人物，對一般大眾顯然都比較容易勾勒出一個大概的輪廓。

事實上，大家都很清楚，僅僅是文字，經典的影響力一定還是侷限在知識分子的讀者群中。

文字閱讀的人口，無論在古代或今天，都不會是最大眾。

我常常詢問一般大眾，幾乎每個人都知道「林黛玉」、「賈寶玉」，但是其中竟然多半並沒有看過小說原著，而是從影視上得來的印象。

我們很容易發現，比起《白蛇傳》和《紅樓夢》的歷史，〈九歌〉的流傳時間最久，已經超過兩千年。但是，在民間廣大民眾中，〈九歌〉的影響顯然遠遠不及《白蛇傳》和《紅樓夢》。

我們可以隨意做一些詢問，即使在知識界，對〈九歌〉有概念的人其實還是不多。〈九歌〉裡的「東皇太一」、「東君」、「大司命」、「山鬼」、「雲中君」，對一般人而言，也絕對沒有像對「白蛇」、「法海」，或對「林黛玉」、「賈寶玉」那麼鮮明清楚。

愛情女神　湘夫人

〈九歌〉諸神裡最常被古代文人喜愛的是「湘夫人」，文人在女神身上寄託了現世中無法滿足的浪漫愛情。「湘夫人」的「深情」，「湘夫人」的「纏綿」，「湘夫人」若即若離的「美」，使她又像天上女神，又像凡間女子，受儒家倫理壓抑的文人也因此可以在她身上寄託更多愛情幻想。

三國時代曹植的〈洛神賦〉，其實有許多概念來自〈九歌〉的「湘夫人」。東晉的顧愷之在繪畫上創作了「洛神」的造型，也使抽象的文字成為視覺上的經典。以後歷代都有〈洛神賦〉的繪畫仿作，也影響到戲劇舞台上出現「洛神」的造型。

文人畫裡許多畫家處理過「湘夫人」，但是或許造型上和「洛神」一樣，還是太委婉含蓄，只有文人嚮往的優雅，沒有鮮明性格，不容易引起民間喜愛，也因此無法在大眾身上留下印象。

雲門的「湘夫人」大膽顛覆了原始〈九歌〉中的意象，「湘夫人」並不相對於「湘君」而存在，雲門的舞台上沒有「湘君」，好像一對「配偶」被拆開來了，「湘夫人」成為戲劇上獨立的一個角色。

「湘君」、「湘夫人」也有人認為不是一對男女，而是舜帝的兩位妃子死後的化身為神。

「湘夫人」的原始歌舞今日不得見，只保留了文字。抽離掉祭典中的歌與舞，「湘夫人」的文學變成女性對愛情的無盡等待、守候、盼望，也因此使「湘夫人」具備了文人對愛情虛幻、傷感、悵惘而又自苦的質素。

雲門的「湘夫人」因為去除掉與「湘君」的相對關係，顯得更為孤寂荒涼。

舞台上戴著小小蒼白面具的女性，在台灣卑南古調女聲的悠揚旋律裡出場，踩踏在顫巍巍的兩條竹枝上，後面拖著長長的白紗，白紗像河流婉轉，白紗也像「湘夫人」無止盡的鬱悒憂傷。白紗像一根春天的蠶絲，矜持自憐的女子，日復一日，只是用這根絲作繭自縛，把自己困在永遠的等待中，把自己綑綁纏死在走不出去的自閉的黑洞中。

雲門的「湘夫人」也利用面具，試圖揭發一個自閉憂鬱女性心理內在的真相。「湘夫人」一度在舞台上被摘去了面具，彷彿有可能從層層綑綁的繭中走出，見一見陽光，然而最終她還是又回到面具後面，無法真實面對自己，仍然踩踏在竹製的脆弱的危桿上，踽踽獨行離去。

雲門的「湘夫人」顯然已經不再只是關心兩千年前的遙遠神話，而是書寫著今日現代可能還存

在的女性孤獨議題。

卑南族婉轉悠揚的女聲詠唱，爪哇甘美朗（Gamelan）輕輕盈盈的樂音，都在呼喚南方的、海洋的、熱帶的一種身體的慵懶曼妙，或許那也是〈九歌〉最初楚地原始的風景吧！只是歌舞神話的美麗文明彷彿南遷了，從楚地移到了南島，移到了台灣與東南亞。

也許『雲門．九歌』是一齣純粹「南島」版的〈九歌〉，從鄒族的「迎神曲」開始女巫迎神，到鄒族的「送神曲」中全體舞者以一盞一盞燈火「禮魂」，『雲門．九歌』擺脫了經典的文化包袱，讓〈九歌〉在南島的儀式中還魂重生。

沒有人知道兩千多年前楚地的迎神祭神儀式如何了，出土的古文物中看到瞪大眼睛、吐出紅色長舌頭的怪獸，頭上高高一雙鹿角，圖騰時代茫昧、瑰麗、魔幻、野性的神話，被文人解讀經典時戰戰兢兢、小心翼翼的註解修飾得沒有生命力了。

『雲門．九歌』藉助亞洲許多還存在的原始儀式、原始祭典、原始歌舞，用大火熊熊的烈燄淬鍊已經冰冷的〈九歌〉，讓〈九歌〉諸神重新有了熱烈的魂魄，讓〈九歌〉諸神重新有了體溫，讓〈九歌〉諸神一一復活了。

〈九歌〉被修飾得太優雅的文字被拆散重組了，沒有顛覆，其實沒有古典的復活。

死亡的怖懼　大司命

雲門的『九歌』是諸神的頌讚嗎？

原始初民的祭神儀式，有絕大部分來自對不可知的宇宙自然的敬或畏。敬畏天，因此有「東皇

太一」；敬畏太陽，因此有「東君」；敬畏「雲」或「雨」，因此有「雲中君」；敬畏河流，因此有「河伯」、「湘君」、「湘夫人」；敬畏山林中的鬼魅魍魎，因此有「山鬼」；敬畏死亡，因此有「大司命」、「少司命」；敬畏戰爭中悽慘死去的亡魂，因此有了「國殤」。

神話的儀式是初民在茫昧曠野裡祝禱諸神對自身存在的庇祐，趨吉避凶，因此有「巫」「覡」用肉身供養，祈祝諸神降福，也是用「巫」的肉身討好取媚天上諸神。

『雲門．九歌』彷彿用現代儀式在舞台上重新請神降臨，卻又同時悲憫初民眾生受神宰制，卑微匍伏於神的腳下，使「請神」的同時暗藏著對高高在上的諸神的背叛。

『雲門．九歌』裡，「神」總是踩踏在「人」的身上。「神」的趾高氣揚突顯著「人」的卑微屈辱。特別是「司命」這一段，使人感覺到諸神宰制眾生的悲哀。

「司命」在文字意義上還可以理解到「主管」、「掌控」命運的大神的力量，閱讀〈九歌〉原文，一開始的「廣開天門」、「飄風」、「凍雨」都有可能在創造死亡之神降臨的威力，如狂風驟雨，使眾生驚怖。

雲門舞台上，「大司命」、「少司命」配合著西藏喇嘛儀式中的梵唱，聲音極為低沉渾厚，在空間裡產生巨大共鳴，彷彿肺腑之音，摧肝裂膽。

做為舞台上的表演，『雲門．九歌』大量使用祭典的音樂，使舞劇更接近原始儀式的莊嚴。近代歌舞戲劇歷史都追溯到遠古「巫」的祭典儀式，說明「歌」、「舞」、「戲劇」的起源。

祭典當然不同於表演，一名乩童為了請神附身，解決現世迫在眉睫的大旱、水澇或疫病，他的身體在敬與畏間的顫抖、迷狂，承受刀劍批打和忍受劇痛的能力，都不會是純粹為表演而表演

的演員能夠企及。

然而最好的表演者，在舞台上往往有時真的像神靈附身的「巫」，有刻意表演達不到的「魅力」。雲門「司命」一段，眾生受神擺布，舞台上芸芸眾生被無形的線牽制著，如同傀儡，他們相愛、互毆、擁抱、相逢、離別、生或死，都主控在「司命」手中。「少司命」玩弄著人，「大司命」又玩弄著「少司命」，像是一場權力的競技。

「命」如果徹底不可知，愛、恨、生、死，憂傷、喜悅，就只是情緒的貪嗔痴，像經文上說的「無明所繫」，也許雲門版本的「司命」傳達的就不只是死亡的畏懼。一聲聲的梵唱咒語，低沉如此，卻迴盪不已，舞台如果是「道場」，或許可以在眾生纏縛的千絲萬縷中，讓觀眾看到一點點解脫的跡象嗎？

若有人兮　山鬼

「山鬼」是〈九歌〉諸神中很特別的角色，或許，「他」並不是神，他只是山林深處的精靈或鬼魅。

「山鬼」是連性別都不確定的，明末清初蕭雲從畫的「山鬼」是女性，長裙飄帶，一旁伴隨著蝙蝠一樣飛在空中的雷神。同一時代，陳洪綬則把「山鬼」畫成一個粗獷大漢，衣衫襤褸，活像一個閒散自適的流浪漢，特別有鮮明個性。清代《芥子園畫傳》後來就沿用了陳洪綬「山鬼」的版本。

到了民國，留學巴黎習畫的徐悲鴻深受希臘神話造型影響，他雖然用傳統中國水墨材料畫「山鬼」，卻明顯採用了歐洲人體解剖的光影技巧，把「山鬼」畫成一個肉體豐滿的美麗女神。

〈九歌〉諸神和希臘諸神不同，希臘的「美神維納斯」、「太陽神阿波羅」、「月神戴安娜」、「牧神潘」，幾乎都有固定的造型，後來的創作者大多沿用古典，很難突破改變，其實也限制了後來者的創造性。

〈九歌〉諸神還停留在文字描述上，像「山鬼」，美術的造型就並不一致，其他諸神如「雲中君」，如「大司命」，也一直面目模糊，因此『雲門．九歌』幾乎是第一次在舞台上賦予諸神清楚的造型與鮮明的個性。

上古諸神竟是在台灣這一年輕南方的土地上，一一復活了。

雲門的「山鬼」在舞台上不像一個實體的存在，沒有肉體，沒有體溫，像是一縷魂魄，蒼白慘綠，像森林裡一閃即逝鬼魅的影子，張大著口，卻沒有聲音，彷彿要躲到最幽暗不可見的角落，他（或她、它、牠）使我想到希臘神話裡在愛情中受傷的愛可（Echo）女神，一直退到山洞深處，變成一縷幽微的回聲。

「雷填填兮雨冥冥，猨啾啾兮狖夜鳴，風颯颯兮木蕭蕭——」「山鬼」是山林裡這麼多錯雜紛沓、令人驚恐又悵惘的回聲啊！

雲門的「山鬼」是現代城市叢林裡的孤獨者，他們躲藏在小小陰暗角落，不與任何人對話，生活裡只有無聲的獨白，張大著嘴，悽慘無言的嘴，卻發不出聲音。

魂魄流浪　從「雲中君」到「國殤」

『雲門．九歌』的舞台上一直有一名穿著現代西裝的男子，手裡提著旅行的皮箱，打著一把傘，在舞者演出的同時，穿梭於舞台各個角落。

編舞者彷彿一直提醒：這不是楚辭的〈九歌〉，這不是文學經典的〈九歌〉，這是雲門的『九歌』，是現代人的諸神復活。

在時間與空間裡流浪，所有古代的神祇，所有受祭奠的魂魄，所有依靠在一起生活，在生與死、愛與恨中糾纏的生命，父子、母女、夫妻、兄弟姊妹、朋友、愛人，或許都只是短暫相遇的流浪者，所有的擁抱都不會是永遠的擁抱，所有的愛恨或許也只是自以為是的「永恆」吧！「湘夫人」在流浪，「山鬼」在流浪，「雲中君」在流浪，舞台上提著皮箱的「流浪者」，像是剛出門，要赴遠行，或許剛回來，一身疲倦。無言的流浪者貫穿『雲門．九歌』全場，是所有魂魄間一條不容易看見的線。

流浪的極致是孤獨心靈追求的最大自由吧，因此，也是孤獨者的傲岸與自負。

「雲中君」是『雲門．九歌』最美的一段，恰恰好觸碰了『雲門．九歌』的美學核心。

踩踏在兩名壯碩者肩上的「雲中君」，一名青春少年，幾乎全身赤裸，他如一縷雲，在空中流動、卷舒、上升、下落，他的身體柔軟自由到沒有任何限制，解脫了地心引力的對抗，飄飛於虛空中。這是用希臘伊卡魯斯（Icarus）從高空墜落的殉亡之美，重新詮釋了〈九歌〉「雲中君」的神性意義。

「雲中君」在台灣找到了他孤獨傲岸的青春生命形式，他是楚地文化浪漫自由的嫡裔，在南方的島嶼還魂再生了。

「雲中君」在傳到日本的唐朝雅樂聲中翩翩起舞，舞台上有穿背心運動短褲的少年玩著滑板、直排輪鞋，他（祂）們是神，是速度之神，是青春之神。身體極限自由的解放，使每一個拘謹

小心翼翼的生命起大震動，「祂」們要顛覆背叛一切體制，尋找自我價值。

「國殤」是年輕——殉亡的身體，〈九歌〉諸神裡，或許「國殤」最像祭奠。在戰場上死去的無主的魂魄，年輕的身體，「首身離兮心不懲——」那是頭手分離的肉身，頭找不到身體，身體找不到頭，「出不入兮往不返——」那是在荒野上飄飛找不到回家的路的魂魄。

「國殤」不像是愛國教育裡的祭奠，不像忠烈祠，也不是靖國神社，「國殤」或許是戰爭中沒有輸贏的所有斷裂殘破肉身的悼亡。

我在京都黃檗山萬福寺看到「怨親平等」石碑，舍利供奉戰場上所有死去火化的屍骨，生前彼此廝殺，在另一個世界，他們同受供奉，無怨無親。

東亞民間都有放水燈的習俗，一盞一盞火光漂浮水面，隨波逐流，招喚每一個無主的魂魄共享人間祭奠。

流浪的最終是「流浪生死」，在生死的大河裡一次復一次生滅來去。〈九歌〉最終的「禮魂」，是祭奠過去、現在、未來諸多恆河沙數的眾生的不生不滅嗎？

「過去心，不可得；現在心，不可得；未來心，不可得——」

『雲門．九歌』的「禮魂」，一盞一盞油燈亮起，每一盞是一個生命的標記，標記多如恆河沙，還有多如恆河沙的更多恆河，火光閃爍，眾生起滅，使人在鄒族的「送神曲」中知道眾生都如諸神，也有鮮花饗宴。

二〇一二年六月五日芒種　為雲門重演『九歌』而寫

序篇 諸神的國度

二〇〇七年初春，我帶了少部分資料離開台灣，當時台灣正是潮濕又寒冷的季節，瑟縮著脖子，諸神彷彿都很遙遠。〈九歌〉的神話使我想起南方，河流，陽光，鮮花，濃郁的香氣，嫵媚明亮的女子與男子，戴著獰厲華麗面具的巫鬼神靈的歌舞，如慕如怨的婉轉旋律曲調……

這些都這麼像我飛往的國度——東南亞的泰國。

在毗鄰曼谷湄南河的東岸，一間樸素的小小民宿，在六樓面河的房間，陽台上有一張書桌，清晨被附近巨大如傘蓋般的菩提樹上的鳥聲喚醒，坐在書桌前，看河面上流蕩的霧氣，朝日淡粉色的光，閃爍的河流細細的波紋，慢慢多了起來的船隻來往穿梭，載著鮮花和香料的船在岸邊交易，幾座廟宇從遠方傳來誦經的聲音，嘹亮的鐘聲，屋角大樹下有人祭神焚燒起的濃煙的香味，冉冉上升，彷彿升成一朵一朵天空的雲……

這一切都這麼像兩千年前楚地的〈九歌〉，我寫著寫著，覺得〈九歌〉諸神都近在四周，天空中偉大初始的「東皇太一」，明亮陽光燦爛的「東君」，自由自在來去飄飛的「雲中君」，河流上蜿蜒著詠唱愛慕的「湘君」與「湘夫人」……

〈九歌〉似乎從兩千年前的楚地沿河一路南來，到了我書寫〈九歌〉的流域。

許多人去了長沙，去了湘江，卻覺得沒有〈九歌〉諸神的蹤跡。

〈九歌〉諸神當然渴望南方、陽光，渴望悠閒自在的生活，渴望真實的愛與恨，渴望沒有虛度的生與死，渴望浩浩蕩蕩的大河與嫵媚美麗的人民，渴望悠揚的歌聲與翩翩婉轉的舞姿……

我是在諸神的國度寫完此書的，諸神一一復活，我覺得自己像一名古老的巫覡，諸神降臨，在我魂魄最深處騷動起來，使我不停筆地書寫，我只是記下了諸神要我說的話語。

之一 神話九歌

我們離神話有多遠？

《論語》裡記錄了一句話，可能影響了中國兩千年來的文化體質。

這一句話是：「子不語怪、力、亂、神。」

孔子不談論靈怪、暴力、淆亂、神鬼之事。

如果生在今天，孔子大概不會喜歡《哈利波特》，也不會喜歡《魔戒》。

我們因此失去了神話的豐富幻想嗎？

印度有《摩訶婆羅多》和《羅摩衍那》兩部長篇神話史詩，闡述歌詠著宇宙的初創。混沌中的大蛇，糾纏扭絞，形成神與魔的拉鋸，乳汁之海翻天覆地，大神毗濕奴（Vishnu）化身為巨龜，成為穩定的軸石，浪花奔騰飛撒，如同交媾激射而出的精液，噴向四處，每一朵浪花中誕生了一名美麗的舞蹈的女神阿普莎拉（Apsara）。

印度的神話從印度河谷、從浩大綿長的恆河蔓延到整個印度半島，翻過喜馬拉雅山脈，傳衍在藏傳佛教的廣大領域，傳向中國、韓國、日本；印度的神話也經由西南貿易風的商旅，傳唱到斯里蘭卡、緬甸、柬埔寨、泰國、寮國、越南。

有一個屬於神話的領域，事實上遠比歷史上任何帝國更遼闊，也更久遠。

今天的歐洲、美洲、澳洲，都是希臘神話的領域；今日的整個亞洲也幾乎都是印度神話的領域。

印度神廟中所見的女神阿普莎拉。（達志影像提供）

神話衰老了，人類才開始了歷史！

神話遠比歷史更古老。

孔子太重視現世的歷史，因此忽略了神話的意義嗎？

那些隱藏在混沌、靈怪、不可解的暴力中的神話，是不是更早的一頁人類歷史？

魯迅曾經在《故事新編》裡，嘗試重現古老神話的魅力，他也慨嘆中國孩子讀的書太無趣，他童年的記憶裡使他迷戀的是《山海經》繪本裡充滿幻想神秘的怪、力、亂、神。

現實生活裡，儒家務實的哲學無所不在，一個不斷重複歷史經驗的民族究竟失去了多少神話原始盛旺的生命力。

我們離神話有多遠？

《白蛇傳》是溯源自印度的故事，在民間家喻戶曉、老少咸宜的孫悟空，正是印度史詩《羅摩衍那》裡那隻風靡全亞洲的可愛、神通又法力無邊的猴王哈努曼（Hanumann）。牠不只在中國的戲台上大鬧天宮，帶給人們頑皮、叛逆與顛覆法則的快樂，牠也不斷出現在爪哇、泰國、緬甸等全東南亞的舞台中，成為最親近民間的活潑形象，帶著古老印度教信仰的幽默與俏皮，繼續給予現代人生活的智慧與樂趣。

神話裡的猴王是我們自己不曾失去的一片赤子之心。

古老的神話是可以活在現代世界的。

希臘所有的神話，幾乎都成為現代心理學世界中各種典範個案的最初原型。

從印度到亞洲，猴王哈奴曼受到瘋狂喜愛。圖為印度古畫中所見的猴王。（達志影像提供）

一個嬰兒誕生了，父母是國王皇后，很為得到子嗣而快樂，便把這嬰兒帶到岱爾菲（Delphi）阿波羅神殿，燒起麥殼，煙薰繚繞，女巫扶乩，鬼神附身，降下神諭，神諭指明，這嬰兒長大成人後，將會「殺父娶母」。

這道神諭驚嚇了父母。

人可以違背神諭嗎？

面對一名看似無邪的嬰兒，而無邪的背後有著「殺父娶母」的毒咒。

神話使人性進入深邃不可知的淵藪，暗無天日，也在暗無天日的絕望之處使人性對未知有更大的謙遜。

嬰兒被父母命人帶到荒野處死，人試圖用改變命運的方式對抗神諭。

然而希臘神話的動人，在於人無論如何也逃不過命運的咒語。

嬰兒被帶到曠野，沒有死，執行命令的人或許覺得，若是將手無縛雞之力的嬰兒擱置在荒地上，下場不是被豺狼吃食，就是凍餓而死。

然而，嬰兒活下來了，另一個城邦的國王皇后年老無子，在神殿祈求，神諭說：會賜給他們一個兒子。

老夫婦路過荒地，聽到哭聲，果真發現一名嬰兒，喜出望外，當然感謝上蒼，神諭靈驗了。

嬰兒長大，取名伊迪帕斯（Oedipus），俊美非常，也孝順父母，並不知道自己身世。

第三世紀羅馬石棺所見，被奉命行事的牧羊人拋棄在荒野的伊迪帕斯。

長大成人之後，他到神殿求神諭，神諭使他一驚，上面寫著：伊迪帕斯將殺死親生父親，娶親生母親為妻。

伊迪帕斯痛苦不堪，決定悄悄離開父母，終生不再回來，企圖對抗神諭，逃過惡咒。

他當然不知道，他努力逃亡，把自己流放到異鄉，離父母很遠，然而，那異鄉正是他的生身父母的城邦。

神諭使他回到了宿命中的原鄉。

他在路上遇見不認識的生身父親，起了衝突，意外中殺死了父親，應驗了「殺父」第一個神諭。

城邦大旱不雨，母后治國，下令若有人可以解開惡咒之謎，便下嫁為妻。伊迪帕斯又解開了謎語，便娶了生身母親為妻，應驗了「娶母」第二個神諭。

INGRES
1808

希臘神話裡的伊迪帕斯是兩千年來人性中解不開的惡咒。

神話不是歷史，神話裡沒有「善有善報，惡有惡報」這麼簡單又膚淺的邏輯。

伊迪帕斯使所有看戲的觀眾痛苦，命運為何要如此捉弄人類。

一個以詩歌、戲劇形式流傳超過了兩千年的神話，到了二十世紀初，一個維也納的精神醫師佛洛依德（Sigmund Freud）忽然告訴我們，伊迪帕斯正是我們自己不知道的內在情結，每一個男孩子，潛藏著對母親的愛戀，潛藏著對父親的仇視。

「弒父娶母」不是神話，是人性底層隱藏的一小塊惡性腫瘤的切片。

維也納的醫生佛洛依德把精神分析上的這一個案例定名為「伊迪帕斯情結」（Oedipus Complex），也有人譯為「戀母情結」。

這是神話。神話使我們對自己驚悚起來，不知道自己是多麼複雜的構成。

印度、希臘，都以豐富的神話在現代世界統治著遼闊而深邃的文化領域。

然而，我們的神話呢？

「子不語怪、力、亂、神」！

所以我們的孩子狂熱愛上外來的《哈利波特》，愛上《魔戒》，使他們現實無趣的生活裡多了一點神話的幻想。

神話本來就沒有國度，神話只遵守人性的領域！

法國古典主義畫家安格爾（Jean Auguste Dominique Ingres）所畫的「伊迪帕斯與斯芬克斯」。（達志影像提供）

因此，許多人想背叛一下孔子，在「怪、力、亂、神」的另一個領域建構文化的生命力。

也許是莊子，借著飛向天空的鯤魚擺脫冰冷狹小的「北冥」的束縛，可以摶扶搖直上九萬里，任憑想像在無限的空間裡遨遊。

也許是屈原，在他詠歌宇宙初始的巨大合唱裡，看到生命的美麗，看到天上流連飛揚的一絲一絲的雲，看到河流蜿蜒迴旋如同男女的纏綿，看到死亡無情的苦苦追逼，看到茫然迷失在荒野的切斷的頭、支解的身軀、找不到靈魂的迷失的肉體……

我說的是〈九歌〉，一部最美麗的中國神話，隱藏著整個民族復活的救贖秘密。

民族的惡咒要回到神話來救贖嗎？

雲門，開啟神話之門

雲門，一個一九七三年成立的舞團，擷取了中國最古老的神話中的名字。

雲門，是一層一層綿渺朦朧通向神秘世界的入口。

雲門開啟了古老東方神話的肢體語言，『雲門．白蛇傳』、『雲門．紅樓夢』是不同意義上的神話。

『九歌』是神話的集大成，做為一個關心文化體質的團體最重要的一次表現。

『九歌』是雲門成立屆滿二十年的重要舞作，也是林懷民創作上的一次重要高峰。

從一開始，林懷民的創作與中國傳統的經典就有密切關係，包括從民間傳說、戲曲取材的『奇冤報』、『白蛇傳』，從美術造型出發的『星宿』、『夢土』，從文學經典編作的『紅樓夢』、『九歌』等，都可以看到創作者身上切不斷的廣義中國傳統的脈絡影響。

林懷民取材於中國經典，但也從來不囿限於古老經典的束縛。他總是重新詮釋經典，使經典可以有存在於現代世界的可能。

在『雲門．白蛇傳』裡，林懷民重新組織了青蛇與白蛇的關係，使原來產生於封建奴僕關係的青蛇有了獨立發展自我存在個性的可能，青蛇不再附屬於白蛇，甚至敢於去追求許仙，成為有自主人格的角色。

《紅樓夢》本身是極具現代意義的文學經典，林懷民著重在曹雪芹創造的賈寶玉本身，

使這個充滿了對封建傳統背叛的角色以赤裸裸的肉體解放形式出現在舞台上。他也重新用春、夏、秋、冬四季的結構布局，使『雲門．紅樓夢』的繁華到荒涼有了視覺上的意象。賈寶玉是慾望、背叛、深情而又贖罪的多重意象，他以愛慾為修行，從眷戀糾纏走向巨大深沉的贖罪意識領悟。

林懷民的『雲門．紅樓夢』是全新版本的現代詮釋，但可能也最貼近曹雪芹原作的深沉意涵。

在雲門所改編的經典中，〈九歌〉時代最早，早過清代的《紅樓夢》，早過宋元成形的《白蛇傳》，它是兩千年前楚地的祭神篇章，至少在漢代已成為文體的典範，是經典中的經典，對中國知識分子的影響也早已根深蒂固，其實比其它經典更難動搖或突破。

但是〈九歌〉有一個好處，它徹頭徹尾是一篇神話，神話不管再古老，永遠都具備著最現代也最新的解讀可能。

兩千年來，希臘神話也在西方的世界一再被重新詮釋，賦予完全現代的意義。

〈九歌〉原來是楚地祭神頌辭，可能被屈原修飾過，漢代以後被學者與〈離騷〉、〈天問〉、〈九辯〉這些屈原的作品搜集在一起，由於都是楚地的文學資料，因此就被合稱為《楚辭》。《楚辭》影響了漢代主流文學「賦」的文體，成為文學經典。

最初，學者未必認為《楚辭》一定等於「屈原」，但隨著時代發展，《楚辭》逐漸與「屈原」劃上等號，並且，以屈原的生平特色、歷史事件來註解〈九歌〉，使〈九歌〉越來越失去原有神話的超然性。

近代神話學者重要的指證是：〈九歌〉應該是早於屈原的作品，〈九歌〉至多只是被屈原修飾過，〈九歌〉保留了楚地初民原始祭神的儀式歌舞讚頌，〈九歌〉是巫覡與神的對話。

這些近代神話學的新看法，幫助林懷民可以用更自由活潑的想像空間來看待〈九歌〉。林懷民因此擺脫了長期以來中國文學學者逐字逐句的引經據典，得以把〈九歌〉還原到初民的生活之中，還原到祭神儀式的歌舞中，還原到人與自然的對話關係之中，給予〈九歌〉全新復活的現代生命。

正像兩千年來有各種不同版本的〈九歌〉註解，不同版本的詮釋者、解讀者，〈九歌〉的原始面貌有一點模糊不清了，〈九歌〉最初傳唱的聲音似乎掩蓋在一層一層的註解背後，變得支離破碎，神話繁瑣的註解掩埋了神話本身。

做為古典中國文學經典《楚辭》裡的一部分，〈九歌〉被置放在學術殿堂上如同供奉的牲品，殿堂上的牲品總是失去了鮮猛的生命，徒具冷冰冰的屍體。

如何跳脫《楚辭》的註解，還原〈九歌〉原始的生命力，僅僅從章句註解入手，可能必然是死路一條。

能夠從更宏觀的角度對待〈九歌〉的詮釋者，往往關心的便不是章句，而是〈九歌〉的神話原型。

王國維從「巫」的角度觸碰到原始的神秘祭典，對靈的降臨附身，對歌詠舞踏的儀式都引發了對〈九歌〉某些真實面貌的還原。

楚詞釋　　九歌第二

王逸章句　王闓運注

九歌

九歌者屈原之所作也昔楚南郢之邑沅湘之間其俗信鬼而好祀其祠必作樂鼓舞以樂諸神屈原放逐竄伏其域懷憂苦毒愁思拂鬱出見俗人祭祀之禮歌舞之樂其詞鄙陋因爲作九歌之曲上陳事神之敬下以見己之冤結託之以風諫故其文意不同章句雜錯而廣異義焉　此九歌十一篇禮魂者每篇之亂也國殤舊祀所無兵興以來新增之故不在數皆頃襄元年至四年初放未召時作與離騷同時

九歌　七五

中國歷代註解《楚辭》的文人不計其數，圖為晚清大儒王闓運所著的《楚辭釋》書影。

郭沫若與聞一多，同樣在戲劇表演的本質上關心〈九歌〉，甚至直接改編《楚辭》的部分篇章，使章句註解的文學有機會進一步在近代的舞台上重現為一種表演。

然而真正大膽使〈九歌〉還原至最初神話形式的必然是『雲門．九歌』。

神話是初民生存中對一切神秘力量的敬與畏。他們嚮往創造力，嚮往原始生命的永恆壯大力量，他們向著天空或初升的太陽唱出了「東皇太一」、「東君」；他們尊敬崇拜天空的雲，雲帶來雨水，雨水豐饒大地，他們因此歌詠出了自由活潑的「雲中君」；他們在河流邊行走，在美麗的湘江上行船，歌唱對岸美麗的男子或女子，那歌聲便流傳成了「湘君」、「湘夫人」；他們走向山林，在幽暗隱蔽的角落感覺到「若有人兮」的孤獨憂愁，低聲嘆息的聲音和吟詠變成了山林水湄精靈的「山鬼」；他們也懼畏死亡，不知道何時將至的生命的結束，使他們在冥冥中探索著不可知的主宰生死的力量，他們因此悲歌出沉重的「大司命」與「少司命」；他們也懼畏戰爭，不可知的屠殺，不可知的肢體的分離與斷裂，他們相信每一次戰爭之後，空中便瀰漫著無家可歸的飄零的魂魄，他們要引領那些魂魄回家，因此唱出了「國殤」。最後甚至以「禮魂」來召喚遍散在天地空中的諸神，山林荒原的鬼魅，以及人間無主的魂魄。

〈九歌〉的原始信仰裡有初民的崇敬、感謝、懷念與愛戀。

林懷民在舞台上還原的也正是這些動人的人類初民的歌詠，使原來楚地的神話、中國的文學經典，擴大成為世界性共通的聲音。

林懷民是屈原〈九歌〉最現代也最重要的詮釋者。

九歌，南方水澤中的美麗歌聲

『雲門．九歌』開演的舞台，台前盛滿一盆一盆的蓮花。

蓮花靜靜搖曳，彷彿聽得到水聲。

蔓延著蓮花的河流，蔓延著蓮花的湖泊，蔓延著蓮花的池沼。

都是水，〈九歌〉是草澤水流中的美麗歌聲。

是流蕩在陽光亮麗溫暖國度的南方的河流，是地理上屈原的故鄉，是兩千多年前先秦爭霸時代的楚國，是流蕩著長江、沅水、湘江的肥沃流域，是充滿了巫的神秘、充滿著歌聲與愛情的熱烈的國度。

「楚」是古字裡的「楚」，是林木中建立的國度。

《楚辭》是這長滿豐茂植物的草澤間的歌聲。

但是，兩千年來，《楚辭》逐漸流蕩成地理與歷史之外另一條文化的或心理的流域。

《楚辭》不同於北方文學的《詩經》，《詩經》裡更多艱困現實中人的穩定與務實的想法，是在廣大乾旱土地上的農民耕作的秩序與節奏。

做為歌聲，《詩經》更工整、更規矩，沒有太多裝飾的華麗，沒有繁複辭藻的堆砌誇張，沒有驚嘆號的連串震盪，沒有魂牽夢縈的曲調的迴環與纏繞，沒有一唱三嘆的情感的跌宕。

中國南方草澤豐茂，河川緩盪，誕生了浪漫的《楚辭》。
（攝影／林皎宏）

《詩經》是廣義北方文學的古典，在「2+2 = 4」的基本格式裡，進行著現世生活理性的敘事。

如果《詩經》是在北方土地上建立的歌聲，《楚辭》顯然是流蕩在南方水流中的另一種「詠唱」。

關關雎鳩，在河之洲。

窈窕淑女，君子好逑。

無論從節奏上來聽，或視覺上來看，《詩經》都傳達了一種穩定工整。

2+2 = 4是《詩經》的數學古典，均衡、穩定、對稱、四平八穩，如同民間至今流傳的「天地玄黃，宇宙洪荒」，雙音節重複的四個字一直成為中國語言的結構基礎，也大量積累成四個字的成語，儲存在整個文化的記憶庫中。

「天地玄黃，宇宙洪荒」，漢文化中

四個字的雙音節結構，形成整個文化主流穩如磐石的基礎。

沒有強烈的激動，沒有愛恨的極端，平穩安定，彷彿四時的農業秩序，「秋收冬藏」。

《楚辭》顯然是要背叛這穩定的。

高余冠之岌岌兮，長余佩之陸離！
製芰荷以為衣兮，集芙蓉以為裳！

《楚辭》大量出現對「二」的背叛，背叛了「二」的對稱，背叛了「二」的均衡，背叛了「二」做為「偶數」的倫理基礎。

「高余冠」「長余佩」、「製芰荷」「集芙蓉」，都是「三」。

《楚辭》以「三」做句型的新的嘗試，在「奇數」裡尋找不穩定的奇險與變幻。

「二」如果是穩定古典的「布魯斯」舞步，「三」則是華麗飛旋的「華爾滋」，華爾滋就是要跳到使人神馳目眩。華爾滋不是追求步伐的穩定，而是從虛實交錯的變化裡重組步伐的結構。

華爾滋背叛了步伐的踏實，它使人飛揚。

《楚辭》也一樣，《楚辭》破壞了偶數「二」的穩定，用「三」旋轉成令人神馳目眩的感官愉悅。

一般人把《詩經》定位為「古典」，《楚辭》則是「浪漫」文學之祖。

「浪」與「漫」都與「水」有關，雖然是翻譯自西方美學的名稱，卻在字義上業已定位為感性背叛理性穩定的力量。

少年時初讀《楚辭》，太多艱深的典故，內容看不懂，但印象最深的便是那大量夾雜在內容中的「兮」、「些」這些虛字。

「兮」與「些」沒有內容，卻是聲音上詠嘆的記錄。做為歌聲的記錄，《楚辭》更像一種「樂譜」，「兮」與「些」都是驚嘆的裝飾音，像西方歌劇裡的「花腔」。

曾經在貴州山裡聽民間隔著河的兩岸在山谷裡對唱，高亢激昂，神魂顛倒，好像那歌聲就叫「花子」，使我想起古老的《楚辭》。

在農業土地裡，勞動的節奏常常是2+2＝4的穩定規律；然而在河中流水上的歌詠，要跟隨槳櫓的搖動，要跟隨水的迴旋與風的飄揚，那歌聲的變幻莫測或許必須是《楚辭》

「桃之夭夭，灼灼其華」的《詩經》，產生於中國北方的黃土地上。（攝影／林峧宏）

的悠揚跌宕吧！

〈九歌〉一直被認為是屈原的作品，但近代神話與人類文化學的觀點，都逐漸傾向認為〈九歌〉是當時南方楚地民間祭神中的讚辭，屈原或許只是採集民歌或修飾民歌的文學工作者或音樂工作者。

流傳在廣大的南方，像〈九歌〉一樣歌詠天地，頌讚山川，敬畏愛與死亡，悲憤災難或戰爭的歌聲一直在流傳。

〈九歌〉或許經過屈原修飾，保存在中國文學的經典裡，成為中文系學生在書房或圖書館研究的資料；但是，真正的〈九歌〉、原始的〈九歌〉可能在沅水和湘水等地的民間當中仍然被傳唱著，隨著民族的遷徙，歌聲流傳到不同的地區。可能〈九歌〉同時傳唱在雲貴高原上，傳唱到閩粵山區，傳唱到了傣族，在廣大的東南亞的河流上，我總覺得聽到了古老的〈九歌〉，在台灣原住民的各種祭典歌聲中，我也一再聽到〈九歌〉。更真實的〈九歌〉，更原始的〈九歌〉，越來越走向南方的〈九歌〉，〈九歌〉在所有遍開蓮花、飄散濃郁花的芳香的流域裡被傳唱，〈九歌〉是心靈南方的歌聲。

雲門的『九歌』打開了一個南方的心靈國度，一路從楚地而來，流傳兩千年，卻也距離原來地理上的楚地越來越遠。

漸行漸遠的距離，使『雲門．九歌』大膽使用了台灣卑南、鄒族的歌聲，用了日本雅樂，混雜更多世界性元素，〈九歌〉從文學經典註解的支離破碎中，重新還原成歌舞上的本原面貌。

楚文化的野性力量

如果不是西元二二一年秦始皇的統一六國，或許中國其實會類似今日的歐洲，保有各地不同的文化特質。

「楚」文化，成為近代考古學上熱門的討論重點。

在先秦的爭戰中，地區文化極具特色的其一必然是楚文化。

楚，就是沅水、湘水流域，今天湖南、湖北為中心的那一帶，因為植物茂密，在林木中有人居住之地，便象形為「[illegible]」，成為「楚」這個字的來源。

先秦時代的楚文化似乎還被當時的中原諸國視為「蠻夷」，地處偏僻瘴癘草澤之間，文化上自然也似乎沒有中原諸國先進典雅。

「典雅」如果是對高度文明發展、禮教昌盛的一種讚美，那麼，「典雅」的本身也意味著原始野性生命力的喪失。

「質勝文則野」，孔子也敏銳地觀察到，原始本質太強的文化，缺乏文飾禮教，就會流於「野」。

然而「野」這個字正是「生命力」盛旺的表現。

上層階級常常以禮教文飾生活，優雅規矩，當然不會贊同「野」性的表現。

但是，民間的底層往往更貼近生命的原質，自然、不矯揉造作，愛恨都直接而強烈，不

湖南長沙出土的人物龍鳳帛畫，充分表現楚地人們對於天人之間的浪漫想像。

太偽裝修飾，正是孔子所說的「野」。

比起先秦中原文化先進諸國，楚文化有一種「野」。

「野」是野蠻，「野」是強烈的愛恨，「野」是慾望的直接，「野」是情感狂喜與大痛的震盪，「野」是非理性的感官，「野」是背叛與顛覆。

楚文化很「野」，楚文化有巫術的神秘，楚文化是浪漫而纏綿的愛恨，楚文化有〈招魂〉的荒涼與孤獨，楚文化有〈天問〉的懷疑與幻想，楚文化有〈離騷〉的流放與自負，楚文化產生了屈原，一個愛恨強烈、一個極度自戀自負又極度絕望的浪漫典型。

楚文化怪誕而荒謬，孔子目為「怪、力、亂、神」的素質，恰好充斥在楚文化之中。

楚文化在文明的邊緣，在理性的邊緣，它以邊緣的優勢凝視主流、懷疑主流，它以邊緣的優勢擺脫了主流的人性束縛與倫理框架。

近代出土的楚地文物，具體而微展現了楚文化的魅力。

一件楚墓出土的鎮墓怪獸，以木雕彩漆製作站立的怪獸，怪獸有著像現代紅燈裝置的巨大紅色圓眼睛，像一種警訊，全身布滿黃褐色魚鱗狀的紋飾，黃色像尖刀一樣的耳朵，

河南信陽楚墓出土的鎮墓獸，造型詭異，充滿了野性魅力。

張著血紅大嘴，連牙齒與尖銳的獠牙也漆上紅色，好像沾滿了鮮血。最怪異的是口中垂下一根鮮紅的舌頭，一直拖到腹部，舌頭上也刻著橫紋，似乎還吐著熱氣腥氣，吐露出嗜血的野性。

怪獸後足跪坐，前爪向前撲抓，頭上裝著兩支高高的鹿角，怪異荒謬的造型，使許多現代藝術家也瞠目結舌，楚文化「野」的記憶彷彿重新復活了。

中國古代許多畫家迷戀於《楚辭》的美麗浪漫，特別是〈九歌〉的神話幻想，為之創作了不同的神祇造型，如明代文徵明的「湘君」、「湘夫人」。

到了晚明，國破家亡之際，憂時憂國的文人更從《楚辭》得到一種潛意識的背叛與荒苦的鼓勵，明代遺民畫派的畫家如陳洪綬、蕭雲從等，都以〈九歌〉為範本創作了傑出的作品。特別是陳洪綬，他深受民間工匠的影響，所作的〈九歌〉諸神，在明末以文人畫

日本近代畫家橫山大觀所畫的「屈原」圖，是後代文人仰慕屈原的代表作之一，現藏嚴島神社。

為主流的時代中，可以說是已經發揮了幻想的極致。

然而受限於長期主流禮教的約束，他們的作品基本上跳脫不了文人畫的限制，用文人的中鋒線條繪畫〈九歌〉諸神，畢竟少了民間的野性叛逆與活潑的生命力。

甚至連日本的橫山大觀，仰慕屈原所作的「屈子行吟圖」，頭髮披散，形容憔悴，手執一枝蘭花，孤芳自賞，仍然是中國文人落魄顧影自憐的美學。

到了民國，徐悲鴻留學歐洲，試圖借西方古希臘傳統諸神重新塑造〈九歌〉諸神，他所畫的「山鬼」以裸體女性出現，其實是把維納斯中國化的作法。騎著豹子，身上披戴各種鮮花香草，使人想到的也不是「山鬼」，而是象徵主義時代歐洲畫家筆下的希臘水仙精靈。

〈九歌〉的諸神屍骸無存，要復活似乎遙遙無期。

沒有意料到，地下挖掘出了楚墓中〈九歌〉諸神的色彩，形容有了復活的基礎。

由楚國曾侯乙墓出土的大量古文物，以極精細的青銅雕飾技法製作出的各種怪獸造型，打開了楚文化更深一層的神秘面紗，楚文化「野」的本質終於一一揭曉。楚文化保有的強烈造型力量與色彩本質都襯托著〈九歌〉，使那一時代的諸神可以借屍還魂了。

曾侯乙墓青銅磬架的怪獸立柱座，造型奇特，顯現楚文化「野」的本質。

諸神的讚頌與救贖

在單一宗教出現之前，人類大多有一段漫長時間存在著諸神的信仰。

「諸神」就意味著無所不在的神。

「諸神」就不是單一神。

單一宗教常常排斥其他神，排斥其他信仰，甚至引發酷刑戰爭，如同中世紀的基督教，狹窄迂腐。

諸神在單一宗教裡退位，失去了諸神信仰，人類在單一宗教中變得胸懷窄隘低淺。

尼采宣布「上帝死亡」、呼喚「諸神復活」，這是對中世紀上帝的宣戰，是渴望活潑的人性可以在「諸神復活」的時代重新一一甦醒。

〈九歌〉是諸神信仰的唱讚歌頌。

〈九歌〉常常被誤解為九個篇章對九個神的唱頌。

但是〈九歌〉有十一篇：

「東皇太一」、「雲中君」、「湘君」、「湘夫人」、「大司命」、「少司命」、「東君」、「河伯」、「山鬼」、「國殤」、「禮魂」。

很早以前就有人指出，「九」並不是數字，「九」是上古時代泛指「多數」的代號，「九」

因此是「諸神」，〈九歌〉是諸神的歌頌。

十一篇裡，有些很顯然只是結尾，像「禮魂」，沒有特定對象，在未可知的世界敬禮於所有未可知的存在。「禮魂」是諸神信仰的本質，可能是消失於空中的一朵雲，可能是腐爛於泥土中的一朵花、一片葉子，可能是滲透於苔叢中的一滴水，可能是釋放在空氣中的一點芳香，可能是慢慢枯乾腐爛的人的肉體，它們消失了，所以是「魂」，是不可知的存在，然後，敬禮於所有不可知的存在，便是「禮魂」。

「禮魂」是九歌的尾聲，是對一切未知生命的敬意。「禮魂」包含了我們自己的參與，我們從過去到未來，流轉於生命之間，只是不可知生命中偶然可見的一個片段。

「東皇太一」有人認為是諸神降臨的序曲，和「禮魂」的尾聲相呼應。

東皇太一，宇宙的初始

「東皇太一」是一切的起源，使我想到的是莊子所說的「混沌」。

「混沌」是無頭無尾、沒有五官形貌的一種存在，祂太大了，大到不是我們能夠理解與判斷的狀態。祂是「太一」，是比「一」更早的開始，是「創世紀」之前存在的力量，比一切創造更早，是老子「無，名天地之始」的本意罷，一切可以命名的事物（包括天與地）都比較晚，最早的創造力其實是「無」的狀態，是人的理智達不到的狀態。

「東皇太一」可能是希臘神話中的「宙斯」（Zeus），不斷繁衍生命的初始之神，擁有最巨大的生命力。

「東皇太一」也使我想起希伯來民族的《舊約》，許多基督徒讀的是耶穌之後的《新約》，然而《舊約》是更早的神話，還保留了人所不可理解的神秘與深邃。

西方重要的創作者如米開朗基羅，以「創世紀」為題材，也明顯地更親近《舊約》，而不是人世理性已經定型的《新約》。

《舊約》中的「創世紀」非常神似〈九歌〉，特別是〈九歌〉中的「東皇太一」，有一種一切才剛開始的探索。

米開朗基羅「創世紀」壁畫一開始浮在空中分開白日與黑夜的「神」，很像「東皇太一」。

「東皇太一」是〈九歌〉的序曲，在整齣歌舞儀式展開之前，大氣磅礴的「迎神曲」，雖然短小，但的確先聲奪人。

西斯汀教堂天頂，由米開朗基羅所繪製的「創世紀」壁畫，其中分開日夜的「神」與〈九歌〉的「東皇太一」有相近之處。（達志影像提供）

「吉日兮辰良——」東皇太一彷彿只是宇宙時間的開始，這麼美好的開始！

「東皇太一」如果是「迎神曲」，「禮魂」是尾聲的「送神曲」，中間恰好是九篇，也許是〈九歌〉的另一種詮釋。

但〈九歌〉未必是九個神，〈九歌〉的篇章重新組合的例子很多，聞一多便以為「東君」應該在「東皇太一」之後，在「雲中君」之前。

太陽神東君

「東君」是太陽神，似乎是諸神之首，「東方」、「君王」，也與「東皇」、「太一」這些極度頌讚的偉大字義相呼應。

中國古代的太陽神信仰似乎並不明顯，至少沒有希臘阿波羅神那樣輝煌的故事。

古代太陽神的代表可能是「羲和」，但關於祂的故事其實在民間是很模糊的，遠比不上希臘阿波羅駕著金馬車君臨天下的偉大感。

比起希臘神話，中國文化可能更親近月亮、月亮的神話與傳說，例如嫦娥、月宮、桂樹、玉兔，都遠比太陽有更鮮明的記憶符號。

中國古書裡有「時日曷喪？吾與汝偕亡！」的句子。

那個酷烈的太陽啊，你何時喪亡？

我跟你一同死去！

這是人類古史裡少見的對太陽的詛咒，也許是一個務實的農業民族在大旱的土地上對太陽的指責罷，也說明了神話意義的消失。

神話必須產生在人類的敬與畏的臨界，沒有神秘的敬畏感，也就沒有了神話。

林懷民編作『九歌』，很明顯地把「東皇太一」與「東君」揉合在一起，成為『雲門・九歌』的第一段。

「東皇太一」是眾巫迎神，宇宙初始，煙雲繚繞，女巫扶乩，神靈降臨。

降臨的神靈是壯碩雄偉陽剛的男性，戴著似乎光芒四射的面具，有點像近幾年大陸陰山出土的上古岩畫裡的神秘造型，有著君臨天下的威猛之姿。

女巫是扶乩者，女巫口中唸誦，全身顫抖，似乎喃喃自語，又似乎是神的附身，借助她的口，傳述神諭。

『雲門・九歌』在舞台上重現了人類古老的降神儀式，神秘，荒謬，聳動而又莊嚴。穿著白袍的男女巫覡圍成圓圈，手中拿著長長的籐枝擊打舞台。穿著血紅裙袍的女巫，長髮上綴滿鮮花，她是儀式中的女巫，也是神所選擇的新娘，她將以處女的血祭獻於神。儀式訴說生命最原始的本質，儀式是大痛與狂喜的血祭，生命也莫非如此。

清代《邊裔典》所見「巫咸國」之人，據《山海經》稱，該國之人右手操青蛇，左手操赤蛇，可以上下於天，往來於天地之間。

雲門的「東君」是處理《楚辭》註解的傳統文人無法想像的。「東君」是楚國的太陽神，然而在二十世紀，太陽神已經烙印了太多希臘、古埃及或美索不達米亞的印象，太陽神總是俊美非凡的男子，全身赤裸，閃亮著金色光芒的壯碩肌肉，極度陽剛的男性，帶著霸氣的威權征服人間。

儀式的高潮是非常性愛的肢體語言。

在眾巫的呼叫躁動激勵下，「東君」與女巫交媾，像兩隻纏鬥爭霸的猛禽，以威猛無比的巨大力量釋放出生命渴望延續與擴大的狂喜。

性愛也許是一種救贖！

早期的人類發現所有的理智會在性愛的極點完全瓦解崩潰，人的理智邏輯脆弱不堪一擊，在肉體與肉體的糾纏交媾裡，有另一種直覺的官能在對話，比理智更清晰，比邏輯更清楚，〈九歌〉——從屈原的〈九歌〉到林懷民的『九歌』都清楚明白性愛的救贖力量。長達兩千年，《楚辭》中存在的性愛救贖一直被文人修飾偽裝，終於使〈九歌〉只剩下了冰冷的軀殼。

所以〈九歌〉的諸神都要通過儀式與眾巫交媾，「巫」是人類文明中潛藏的動物原始性，是人類沉淪的唯一救贖。

近代具備人類學訓練的學者發現〈九歌〉裡有許多一對一對的神祇，可能是原始社會儀式中男巫與女巫的「雙人舞」，例如「湘君」與「湘夫人」，例如「大司命」與「少司命」，他們（或她們）的個體存在是不完整的，正如同古希臘柏拉圖哲學中的闡釋：

人類最初原來是雌雄同體的，本身是一個完整的個體，有陰有陽，但是因為得罪了神，所以每一個完整的人都被劈成兩半。每一半都不再完整，每一半都在努力尋找另外一半。找到另外一半，藉著性愛使分開的兩半合而為一，重新還原為完整的人，因此性愛是罪與罰的救贖。

柏拉圖也認為除了雌雄同體的人被一分為二，連原來純男性與純女性的人也被一分為二，因此人類，每一半對另外一半的尋找就異常複雜，雌對雄的尋找，雄對雌的尋找，也有男性慾求男性，女性慾求女性的救贖。

古老的神話與哲學，看似荒謬不合邏輯，卻更接近真實，他們對生活的真實沒有主觀與偏見，因此能看到真相。

現代作家張煒的《楚辭筆記》用了頗多「性愛」的觀點重新解讀〈九歌〉，與『雲門．九歌』很可以參照閱讀。

張煒所著《楚辭筆記》書影。（時報出版提供）

諸神的性別

當我們以性別的角色看待諸神時，〈九歌〉便又現出一種荒謬模糊的不確定性。

其實，整個《楚辭》裡都瀰漫著一種性別的不確定性。

大家都知道，屈原詩中重複、大量的「美人」並不是一個「美麗女人」，而常常指的是當時的國君——「楚懷王」。

一個充滿激情愛戀思慕到強烈肉體慾望的對象，那個「美人」其實是一個同性，一個與屈原一起成長、形同兄弟的同性。

自古以來，所有的《楚辭》章句輕易避開了這一難題，屈原對楚懷王的愛戀被解釋為「忠君」。

屈原的自敘長詩〈離騷〉裡，有太多近似水中顧影自戀與自憐的畫面，屈原當然是希臘神話裡的納西瑟斯（Narcissus），他看到自己在水中的倒影，便迷戀了起來，終於耽溺無以自拔，幻化成水中的一株水仙花。

屈原的自投於汨羅江，一直被解讀成文人忠臣落魄的絕望自盡，充滿被「君王」遺棄的悲憤哀傷。

希臘的納西瑟斯神話，不知是否可以幫助我們重新解讀屈原的人格原型？

或許，屈原只是走到了自己愛戀自己的原鄉，汨羅是他要幻化成水仙的地方，他應該有

英國前拉斐爾派名畫家沃特豪斯（John William Waterhouse）所畫的「愛可與納西瑟斯」，現藏利物浦沃克藝術畫廊（Walker Art Gallery）。

更多的喜悅找到自己，而不只是悲憤與牢騷。

屈原對楚懷王的愛，一直被解讀為忠臣對君王的愛，其實兩千年來，儒家主流的文化裡，只有倫理，並沒有愛。屈原的情感本質如果不是「忠君」，而是真真實實對一個男子的戀愛，《楚辭》是否可以有不同的讀法？南方的楚國，用北方的倫理來解讀，兩千年來或許也產生了極大的誤差。

哀朕時之不當，攬茹蕙以掩涕兮。

屈原在〈離騷〉裡有許多第一人稱（朕）的自敘，嫵媚如同女性，他在極度悲哀絕望之時，是拿各種蘭蕙香草鮮花來擦拭洗淨自己的涕淚的。

屈原是繁華文化盛極而衰的少年貴族，他貪戀美，耽溺於美，貪戀愛，耽溺於愛，他與詩中「美人」懷王繾綣纏綿，絕不似君臣，而更像是頹廢世代裡貴族的自溺與放縱。

為什麼把一個執政的國君稱呼為「美人」？

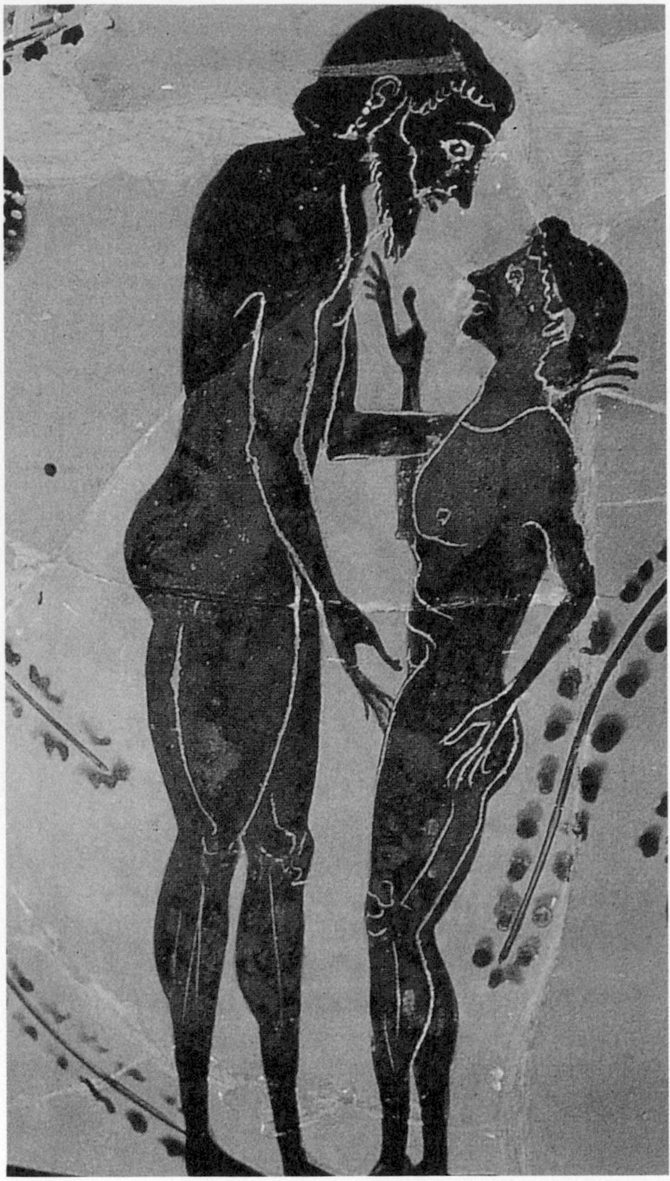

西元前六世紀，希臘陶碟上所見年長男子與少年的親暱動作。

加上了兩千年來「忠君愛國」的大帽子，沒有人敢直接揭露屈原與《楚辭》的原貌；但也慶幸被加上了「忠君愛國」的保護，在道貌岸然的儒學主流裡，屈原與《楚辭》不絕如縷的愛美之心才得以倖存下來。

屈原的性格本質界定清楚之後，或許也可以幫助後來者以不同的角度切入〈九歌〉諸神的性別。

性別分為雌雄、公母、男女，主流文化從來不加懷疑。

但是，在柏拉圖的著作裡，性別便不如此劃分。

在希臘神話裡，陽剛如阿波羅太陽神，陰柔如戴安娜月神，卻各自有祂們不完全二分法的部分。

阿波羅重要的愛人是男性的海亞珊塔斯（Hyacinthus），一個頑皮愛冒險的好動少年，他要跟阿波羅比賽擲鐵餅，赤裸著身體在田徑場上奔跑，不幸被阿波羅的鐵餅擊中身亡，阿波羅大慟，撫愛滿是鮮血的少年青春肉體，把鮮血遍撒大地，成為每一年春天重新復活的「風信子花」（Hyacinthus）。

古老的神話還沒有滲入文明以後的人類的倫理，神話還不帶歷史的主觀與偏見，神話是「太一」。

〈九歌〉是神話，若是用歷史的主觀去解讀，可能會多了很多偏見與盲點。

例如，「山鬼」究竟是男性，還是女性？

《芥子園畫傳》收錄了〈九歌〉諸神的畫像，《芥子園畫傳》是清代中期以後影響力最大的民間圖繪教科書，其中「山鬼」的造型是坦腹散髮的男子，有點像一個流浪的遊民，露出的肚臍四周還畫了一圈毛，趺坐在草薦上，頭上插著花，很有逍遙的「葛天氏之民」的趣味。

但是，如果我們用《芥子園畫傳》的「山鬼」圖來對比徐悲鴻的「山鬼」圖，就十分有趣。

「被薜荔兮帶女羅」，山鬼身上纏繞、披戴著各種藤蔓植物。

徐悲鴻畫的「山鬼」是肉體豐腴赤裸的女性，頭上披戴芳草鮮花，騎著豹子，顯然是用〈九歌〉裡「山鬼」的描述，套上了希臘女神的造型。

香花與豹子都出現在《芥子園畫傳》與徐悲鴻的「山鬼」中，但是，為什麼性別的差異完全相反？

〈九歌〉諸神的描寫顯然避開了性別的確定性，或者，後人在閱讀〈九歌〉時，因為自己時代的性別限制，才產生了對〈九歌〉性別的誤讀？

從「山鬼」此一實例來看，也許〈九歌〉諸神的性別值得我們重新推敲。

十八世紀畫家提也波洛（Giovanni Battista Tiepolo）所畫「海亞珊塔斯之死」，頭戴桂冠的阿波羅低頭哀傷，海亞珊塔斯左手邊已長出「風信子」。

清代《芥子園畫傳》裡的〈九歌〉人物仿自明末陳洪綬所繪，男性「山鬼」造型充滿了趣味。

神的性別是由人來決定的，不同時代的人當然也會以不同的觀點來賦予神一種性別。希臘神話裡極俊美的信使、速度之神赫美士（Hermes），與美麗的愛情女神阿芙羅黛特（Aphrodite）——即拉丁文中的維納斯——交歡，生下了兼具陰陽雙性的赫美芙羅黛特（Hermaphrodite），是俊逸之男，又是美麗之女，同時具備女性與男性的性徵。羅浮宮美術館便存有一件希臘時代的赫美芙羅黛特精美石雕，躺臥床上，兩邊都有性徵，觀光客便驚喜怪叫，彷彿忽然發現自己遵從的倫理之外還有天地。

當代著名畫家徐悲鴻所畫的「山鬼」，融合了希臘女神的造型。（北京徐悲鴻紀念館提供）

神話便是歷史之外更大的天地，但是〈九歌〉中的「山鬼」並不像赫美芙羅黛特，祂不是兼具陰陽雙性，祂給我的感覺毋寧更是一種先於陰陽的「無性」。

「山鬼」是山林中陰森處的鬼魅靈魈，祂若隱若現，像一個影子，像一聲輕輕的嘆息，像一種慢慢移動的光或苔痕。祂有極大的孤獨，有極大的渴望，但似乎不知道自己在等待什麼，天荒地老，祂只是許多藤蔓糾纏、腐葉重疊深處一種森森冷冷的氣味。

〈九歌〉原文「若有人兮山之阿」，「山鬼」一開始就在「人」與「精靈」之間，祂是「精靈」，沒有性別。

其實「山鬼」的文學是富於挑逗性的，「既含睇兮又宜笑」，「睇」與「笑」放在一起有一種眼神嘴角的誘惑與勾引，是非常嫵媚的挑逗，因此容易使人為祂加上女性的神格，但是，如果是男性而「既含睇又宜笑」呢？

「山鬼」使我想起二十世紀初最偉

巴黎羅浮宮的赫美芙羅黛特石雕，同時具有男女性徵。

大的舞蹈家尼金斯基（Vaslav Njiinsky）編作的『牧神午后』（L'aprésmidi d'un faune），就像「山鬼」，那是森林田野午后一種動物性的情慾，祂自己也搞不清楚自己的性別，祂也還處在人與動物的邊緣，祂有朦朧的慾望，但弄不清楚那慾望是什麼。

「余處幽篁兮終不見天」，山鬼有一種鬱悶的孤獨。

我們有時候走到高山密林深谷，嗅到一陣一陣植物釋放的濃郁氣味，嗅聞到腐爛葉子的屍體的氣味，嗅聞到不可理解的空氣中散不開的慾望的氣味，那就是「山鬼」。

「山鬼」是一種氣味，有毒的氣味，去甘甜芬芳，使人陶醉上癮，使人迷戀又迷失，但是視覺上看不見。

揹弓帶犬的戴安娜是月神、夜晚之神，也是狩獵之神。現藏於巴黎羅浮宮。

「山鬼」一開始就說「若有人兮」，好像有人，但不確定，若有若無，那就是「山鬼」，沒有形貌，只能追蹤氣味。

神話的特徵，往往是一種神格而兼具多層象徵的意義，例如：阿波羅是太陽神，卻也兼具音樂、詩歌及一切藝文的創作。

戴安娜是月神，是夜晚之神，卻也帶著弓箭獵犬，成為狩獵之神，月神孤獨來往於深林水澤，又似乎成為孤獨之神。

「山鬼」是山林中的精靈鬼魅，但也有寂寞孤獨的況味，是孤獨憂傷之神，是羞怯陰森之神，像希臘神話中退避到山洞深處變成一縷回聲嘆息的「回聲女神」（Echo）。

「山鬼」是荒古渺遠的山林間一聲不容易理解的「嘆息」！

諸神的多重性格

〈九歌〉常常被拘限在以單一「性別」看待一位神祇，〈九歌〉也常常拘限在以單一「性質角色」來看待一位神祇，往往一開始就使諸神的角色定型，失去神話中諸神角色變幻多端的自由度。

希臘神話中的宙斯是奧林帕斯山上的眾神之神，是最大的天神，是「東皇太一」，但是祂給人最深的印象就是與眾多美麗女神或人間美女的偷情歡愛交媾，生下多到自己也數不清的私生子或私生女。

十六世紀義大利畫家科雷吉歐（Antonio Correggio）所畫，被宙斯變身為老鷹攫走的美少年賈尼美弟。

宙斯可以說是色慾之神，是生殖之神，祂不僅戀愛美女，一次遇見俊美少年賈尼美弟（Ganymede），祂也慾情大動，化作猛鷹，把少年叼掠到天上，讓俊美男孩服侍祂，為天上諸神斟酒。

神話的有趣，正是它的不確定性，在漫長人類文明的初始階段，歷史與倫理都還沒有成形，神話正是出自那一不確定的年代人類摸索人性的過程，充滿了變數，也充滿了自由。

達文西筆下化身天鵝下凡、勾搭麗妲（Leda）的風流宙斯。

〈九歌〉的諸神，「東皇太一」曖昧混沌，不像是一個確定的角色，因此多被列為諸神儀式開始的「迎神曲」，像一個大樂章的序曲。

「東君」角色比較確定，「暾將出兮東方」，是漸漸在東方明亮起來的朝日，是至高無上的太陽神，祂駕著馬車自東方開始巡行天下，從高高的扶桑樹梢上升起，帶給人間溫暖光明。祂的祭典儀式隆重莊嚴，「緪瑟兮交鼓，簫鐘兮瑤簴」，是〈九歌〉裡最能體會到聲音節奏的盛大雄偉的一篇，盛大卻極安靜，雄偉又極其內斂沉穩，最有君王之神的端正從容。

「出自湯谷，次於蒙汜；自明及晦，所行幾里。」東君可以與屈原〈天問〉有關太陽一段對讀。

雲中君，雲神與雨神

「雲中君」是雲神，古人早已知道雲降而為雨，「雲中君」又是雨神。農業的民族靠雨水灌溉，「雲神」、「雨神」就有「豐收」、「茂盛」的含義。

「浴蘭湯兮沐芳」，在浸滿香花蘭草的水中洗澡。

「雲中君」有一種愛美潔淨的感覺，在浸泡香花的水湯中沐浴，祂的身體也美如花朵，芳香如花朵。

「猋遠舉兮雲中」，雲中君快速度在飛。

「雲中君」有一種視覺上的無窮無盡，一種速度上的快感，有時祂使我想起希臘神話中的赫美士，踩著一雙有翅翼的涼鞋，俊美飄逸，四處飛翔遨遊，正是〈九歌〉裡「猋」那個字的意義。

湘夫人，河流之神與愛情之神

〈九歌〉諸神中，最不可解的是「湘君」與「湘夫人」。也正因為不可解，兩千年來引誘了許多文人，在那不可解的曖昧中演繹出不同角色特質的「湘君」與「湘夫人」。

〈九歌〉裡的雲中君就像希臘神話的傳令之神赫美士，雙腳生翅，騰雲駕霧。此雕像現藏佛羅倫斯巴吉羅（Bargello）美術館。

先從最粗淺的解釋看，楚國有一條最重要的河流「湘江」，因此，「湘君」、「湘夫人」就是「湘江之神」。

從第一步的定義來看，「湘君」與「湘夫人」是河流之神。

但是，〈九歌〉又另有一篇「河伯」也是河流之神，有人認為「河伯」是黃河之神。「登崑崙兮四望，心飛揚兮浩蕩」，「河伯」有一種壯闊。

比較起來，「湘君」、「湘夫人」充滿悠長婉轉，是南方的長河，他（她）們是不可分割的一組雙神。

古人因此找到一個可以切入的故事，為「湘君」、「湘夫人」做了第二步合理的解釋。

古代傳說舜帝曾經南巡，他有兩個妃子，都是堯帝的女兒，一為「娥皇」一為「女英」，二人思念丈夫，尾隨南來，到了湘江，忽然傳來舜帝死於廣西蒼梧的消息，二人悲痛不已，便投入湘江殉情。

據說民間後來為娥皇、女英在湘江岸邊建廟祀奉，日漸久遠，她們的魂魄成為「湘江之神」。

自古以來，這一段傳說緊緊和〈九歌〉的「湘君」、「湘夫人」連繫在一起。

有人以為「湘君」就是舜帝，「湘夫人」即是「娥皇」、「女英」。

也有人認為「湘君」是正妃娥皇，「湘夫人」是從妃女英。

用人世倫理的「正／從」、「男／女」來看待諸神的世界，也許永遠都對不準焦點。但

是，無論如何，「湘君」、「湘夫人」也就從河流之神轉換為浪漫的愛情之神，充滿了思慕、等待、眷戀的纏綿。

從文本來看，「湘君」與「湘夫人」是最具戲劇表演的儀式。「湘君」是由女巫唱出對男子的戀慕追求尋索，「湘夫人」是由男覡回應女子戀慕的和聲，原來就應該是一組雙人合唱的歌舞，連獨唱最後的部分都像是現代男女對唱的和聲，句型文法都一樣，只改換了幾個字而已。

我們來對比「湘君」與「湘夫人」結尾的兩段：

湘君

捐余玦兮江中，遺余佩兮澧浦。

采芳洲兮杜若，將以遺兮下女。

娥皇、女英的傳說起源很早，《山海經》中即有「帝二女」的記載。圖為明代蔣應鎬繪圖本《山海經》的二女造型。

時不可兮再得，聊逍遙兮容與。

湘夫人

捐余袂兮江中，遺余褋兮澧浦。
搴汀洲兮杜若，將以遺兮遠者。
時不可兮驟得，聊逍遙兮容與。

這兩段結尾的句型幾乎完全相似，只更動了幾個字，相信是男女合唱時共同的旋律曲調發展出來的尾聲。

一個把玉玦、玉珮都丟進河流，另一個把外衣（袂）、內衣（褋）也都丟進河流，在沙洲上採摘杜若香花做為獻禮，青春如此短暫，美好時光一去不返，何不好好遊玩逍遙，自自在在。

兩千年來，美麗的「湘君」與「湘夫人」使許多主流禮教壓抑下的文人心嚮往之，正是因為這一組合唱中，隱藏著從倫理釋放出來的男女愛情的思慕歡悅。

中國的愛情傳統中，還很少又脫「外衣」又脫「內衣」的！

舜帝與娥皇、女英的傳說也只是一種掩護，掩護在儒家最崇敬的古代賢君后妃的故事下，使赤裸裸的男女悅愛有了存在的合理性。

「湘君」、「湘夫人」是湘水的愛情之神，不加上「愛情」二字，湘江之神是沒有完整說服力的。

古代文人迷戀「湘夫人」，所有以「湘夫人」為對象撰寫的詩句或繪畫，都傾向優雅而感傷女性的形容。

中國的文人士大夫常常只有婚姻而沒有「愛情」，「湘夫人」成為男子愛情的夢想。

愛情如此美麗，愛情又如此傷感憂愁，愛情的迷戀與婚姻不同。正是她若有若無，若得若失。

「湘君」與「湘夫人」未必是憂傷愛情，裡面其實也充滿了對青春、愛、美麗的嚮往，憧憬，追求，夢幻。祂們共同擘畫期待著美好的共同生活，憧憬中有疑慮，追求中有等

湘君與湘夫人是中國歷代文人寄託愛情的對象。圖為明代著名文人文徵明所畫的湘君跟湘夫人。

待的擔心，夢幻中有模糊的感傷。祂們的愛情還沒有成為婚姻，還是最真實的愛情。「湘君」、「湘夫人」是儒家主流禮教下殘餘的美麗愛情神話，啟發了敏銳的心靈，成為兩千年來重要的創作動力。

「聞佳人兮召予，將騰駕兮偕逝」，男子都夢想與「佳人」一起逃離倫理。

「湘夫人」假設為男性對女性的無盡戀慕，也便滿足了中國兩千年來許多只有婚姻倫理、沒有愛情生活的男性極大的感動與慨嘆。

「湘夫人」事實上開啟了之後曹植的〈洛神賦〉，成為男性對女性美麗愛情幻想不絕如縷的主題，但在森嚴的禮教壓制下，他們愛情的對象不能是「人」，必須是「神」。「湘夫人」是湘水之神，「洛神」是洛水之神，祂們神遊於悠美的河流上，做了一個荒誕卻繽紛的愛情之夢。

如果要以現代的觀點來定位「湘君」與「湘夫人」，祂們的角色毋寧更是愛情之神，而不僅只是湘江之神。

民間本來就存在著男女歡娛的戀慕之歌，初民的生活中更多赤裸大膽的調情對唱，如果〈九歌〉是來自貴族文人屈原修飾改正過的民間祭神曲，那些許多感傷憂愁的部分，或許正是沾染了屈原個人陰柔憂傷或愛情破滅後感傷的氣質吧！

九歌美學：期待→激情→纏綿→幻滅

「湘君」、「湘夫人」是一組配偶神，主司愛情。

「大司命」、「少司命」也是一組配偶神，可能主司死亡。

可以想像兩千年前楚地的〈九歌〉儀式，祭典中常常是由女巫男覡一同降神演出，彼此對唱對舞，如同西方舞劇中常見的「雙人舞」。

古書裡常說楚人多「淫祀」，「淫」這一字，在儒家主流文化裡是「萬惡之首」。

以今天人類學的觀點來看，「淫」是原始自然的生殖崇拜，東南亞受印度教影響的國家至今仍有「Linga」（陽具）與「Yoni」（女陰）的祭拜，以石雕陽具陰戶，供奉廟中。楚地的「淫祀」，或許正是〈九歌〉配偶神產生的女巫男覡的歌舞罷。

「大司命」是男神，「少司命」是女神，祂們是同一個儀式中由女巫男覡合演的祭祀形式。

「大司命」是男性陽剛之神，祂有一種令人畏懼的威猛，「何壽夭兮在予——」祂是主宰生死的大神，在原始社會帶有陰森威嚇的作用，是人類對死亡不可知的恐懼，「眾莫知兮余所為」。

Linga 與 *Yoni* 崇拜，在今日的東南亞地區仍不時可見。

希臘神話中有統管冥界的黑德司（Hades），帶著三個頭的狼犬，拿著長戟，出入於地獄黑暗的入口。

印度教神話中也有主掌生死的大神牙麻（Yama），在盛行印度教信仰的柬埔寨等東南亞地區還常可看到祂的石雕，手持長劍，威風八面，主宰生死，總有無限凌厲威嚴權柄，使人懼怕。

牙麻事實上也就是中國民間「閻羅王」的來源，印度教認為牙麻統管的地獄分為一層一層，一層比一層苦，也就發展成中國的十殿閻羅十八層地獄。

大司命、少司命是死亡之神？

〈九歌〉的大司命一開始也是先聲奪人，出現「天門大開」、「烏雲滾滾」、「飄風先驅」、「凍雨灑塵」的壯觀場面。

〈九歌〉原來是儀式，當然是擅於營造氣氛的，大司命一出場就有震懾人的氣勢，好像現代舞台的燈光、乾冰、大風、閃電、雷鳴。

不知道為什麼，〈九歌〉的諸神常常讓我想到近三十年出土的四川廣漢三星堆的青銅神俑，斜吊著眼睛，黃金面具，臉上有一種不可知的神秘與肅穆，祂們是古蜀國的神。在秦國滅蜀之前，蜀與楚地有交流來往，蜀地的文物與楚也有神似之處，近代的考古發現，或許可以用更具體的文物來印證楚文化，也印證楚文化產生的〈九歌〉。

因此，廣漢三星堆的神俑是「東皇太一」或是「大司命」，引人深思。

西藏唐卡中所見的冥神牙麻，造型猙獰，主宰生死。（達志影像提供）

在漢代以後，楚地事實上徹底漢化了，要尋找楚文化可能只有深入時間的古墓中尋找，或者還有一條線索，在地理上更向南找到雲貴高原。我總覺得雲南、貴州、廣西一帶少數民族純粹原始的歌舞，更使我窺見真正〈九歌〉的原貌。

雲南晉寧石寨山出土的許多青銅鼓上神巫的造型，時間雖然已到漢代，仍似乎保留著〈九歌〉神話的原型，是漢化以前古滇國的巫文化遺留，也可以旁證〈九歌〉的原貌。

〈九歌〉會不會是一路往南走去的楚文化歌聲？在今天的泰國、爪哇、峇里島，人們親近水，親近鮮花香草，親近歌聲，喜好面具的歌舞表演……這些或許都活生生展現未曾死去的〈九歌〉原型。

〈九歌〉或許已不在地理上的湘江、沅水一帶，「湘君」、「湘夫人」似乎已經移居到更南方、更溫暖明亮、也更無主流文明拘束的國度了。

大部分的學者都認為〈九歌〉是女巫男覡請神降臨的儀式，因此，大司命是男神，便由女巫請神，儀式的高潮通常是神人合一，神是一種精神狀態，巫是一種肉體，肉體容納了神，便是儀式的完成。

〈九歌〉的巫神儀式，因此一開始總是祈求、等待，「結桂枝兮延竚，羌愈思兮愁人」，等待中有焦慮，神到底來或不來？之後，神降臨了，附著進入巫的身體，巫與神合而為一，達到儀式高潮。

四川廣漢三星堆的青銅神俑，吊眼金面，與楚文物有相似之處。

〈九歌〉的巫與神似乎保存著原始民族的「生殖」儀式，女巫請男神進入身體，男覡祈求與女神交歡合一。

這大概就是被批評為「淫祀」的楚地風俗罷。

巫神交歡從迎神到謝神，最後神靈要離開巫覡的肉體，神靈告別肉身，肉身留在人間，神靈遠颺而去。〈九歌〉每一篇章的結尾常常留下許多感傷與悵惘，一切成空的破滅，或許受到修飾者屈原個人氣質的影響，也或許正印證了楚地巫神文化最後在高潮的巔峰癲狂一種從神界回返現實人世的迷惘幻滅吧！

〈九歌〉的美學正是「期待」→「激情」→「纏綿」→「幻滅」幾個步驟的模式，除了個別神祇的屬性之外，巫與神的關係也是這美學架構的基礎罷。

因此，「湘君」、「湘夫人」是配偶神，「大司命」、「少司命」也是配偶神，但真正與神交合的配偶其實是由人扮演的巫或覡。人類在用自己的肉體娛神，或者說，在請神降臨的儀式中，肉體會經由一種迷狂達到神的狀態，巫就是神，神人合一，然而，一旦清醒，巫就由神界跌落沉淪人間。

清醒常常是神話死亡的開始，清醒是神貶謫人間的關鍵。

〈九歌〉必須在朦朧中讀，在迷狂中讀，在陶醉中讀，在似懂非懂中領悟感受；太清醒是讀不懂〈九歌〉的，兩千年來〈九歌〉的註解都太清醒。

「大司命」是威猛雄壯的男性，照理此處請神的應是女巫，但是從文本來看，女巫的個性並不明顯，至少不像「湘君」那一段那麼明顯帶著女性的嫵媚妖嬌。在「大司命」裡，

巫的自述是「吾與君兮齊速，導帝之兮九坑」，這裡的巫不像女巫，而毋寧更是男覡。沒有人懷疑過男神與女巫的關係，不過巫是戴著面具的，化妝起來的扮演者，性別在這裡是可以倒錯的。我在貴州的「儺戲」中看到所有的女性角色都是由男性農民扮演，他們嫵媚的面具與姿態下，總露出一雙勞動的粗黑的男子的手。因此，也許我們可以重新釐定〈九歌〉中神與巫的關係，男神與男巫、女神與女巫的附身，是否也可能是〈九歌〉神話留下的另一個待尋索的空間？

「少司命」一向被認為是女神與男覡的關係，但是對比於「大司命」的威猛陽剛，「少司命」通篇都呈現女性的婉轉嫵媚，「與女沐兮咸池，晞女髮兮陽之阿」，祈願與愛人一起沐浴，一起晾乾頭髮，這是女神的嫵媚，也可能是女巫的嫵媚。如果——更大膽地假設——是由男覡扮女神的妖嬌，都可能使我們逼近〈九歌〉真相時有更多新的角度。

或者，「少司命」是優美嫵媚的女神，由男覡請神，女神附身降臨，男覡便唱女神的唱腔，舞動女神的身段，男覡事實上即化身為美麗女神。〈九歌〉的性別角色，也恰恰在巫與神的曖昧關係下同時具備了兩重性格。男覡是女神，女巫即是男神，性別的多重性豐富了歌舞儀式，可能是歷來研究《楚辭》章句的學者難以了解〈九歌〉原貌的主要原因吧！

性別被限定了，失去了「人」的原型，也就很難理解神話，神話的

「神」通常是「人」的原型！

「少司命」是女神，被認為是主宰少男少女生死之神，所以多了一種悲憫委婉，少了「大司命」威猛陽剛的威權個性。

若只用性別來看待〈九歌〉諸神，可能一開始就畫地自限了。我們還是對諸神的性別若即若離，保持一點曖昧的彈性吧！

「大司命」如果是生死的決絕，有一種不可違抗的權威性，「少司命」恰好是對生死的寬容與慈悲。

「大司命」是原始神話的冰冷殘酷，非理性的懲罰與詛咒，「大司命」像希伯來《舊約》裡的上帝，必須是絕對信仰；「少司命」則像《新約》，多了很多人性的柔軟不忍，多了很多牽扯與掛念的不捨。

「少司命」使人感動的句子是人間的愛恨，是人間的憂愁與歡欣，其實已經離「神話」較遠，反而距離屈原個人詩意特質較深。

悲莫悲兮生別離，樂莫樂兮新相知。

與女沐兮咸池，晞女髮兮陽之阿。

「與你在咸池沐浴，在日出之地曬乾頭髮。」「少司命」使神話的美麗傳衍在人間，解脫了一切倫理羈絆，才有這樣從身體到心靈全然的自由吧！這是〈九歌〉使人永遠迷戀之處。

貴州儺戲裡男神女巫／女神男覡傳統，給了〈九歌〉更多的性別探索空間。圖為儺戲面具。（中國儺戲學研究會提供）

被誤解得最深的一篇神話

自古以來，被誤解得最深的可能是〈九歌〉中的「國殤」。

「國殤」常被解釋成為楚國陣亡的將士的頌辭，在儒家主流文化忠君愛國的大前提下，「國殤」像一篇在陣亡將士紀念碑或忠烈祠中誦讀的冠冕堂皇的祭文。

〈九歌〉如果是神話，神話並不關心歷史現實，神話可能是比歷史更早的存在，神話的時代可能還沒有完整的「國家」概念。

「國殤」又常常被套用在楚國與秦國在戰國時代的幾次殘酷戰爭的歷史上，楚國屢次大敗，每次都死亡數萬兵士，因此「國殤」就更有了歷史事實的考據。

歷史現實卻往往正是閱讀神話的局限。

「國殤」曾經被選入我中學時代的教科書中，那時，「國殤」自然是歌詠在中日戰爭中被日軍殺死的士兵，或是國共內戰死於中共軍隊手中的國民黨士兵。

戰爭的悲慘其實是沒有贏家的。

換一個角度，日本自然也有他們的「國殤」，中共也一定有他們的「國殤」。

再換一個角度，今天美國會在特殊節日悼念死於伊拉克的「國殤」，但伊拉克不是更應該覺得飽受侵凌的土地上，遍地都是「首身離兮心不懲」的「國殤」嗎？

「國殤」可能是最不容易跳脫歷史現實限制的一篇神話。

神話的美被歷史、現實政治霸佔了！

國殤是戰爭之神？

希臘有戰爭之神馬爾斯（Mars），披戴盔甲，天昏地暗廝殺無盡，馬爾斯卻並不是「勝利之神」，勝利主宰在另一位女神手上。兩軍對戰，一方勝利時，女神便展翅輕輕落在勝利一方的城上。

西方畫家筆下的戰爭之神，最常見的是祂忽然貪戀起愛情之神維納斯的美貌，戰爭一遇愛情便被慵懶癱瘓了，西方畫家便幽默地畫出戰神酣睡在維納斯懷中，人間也因此沒有戰爭，少了很多災難。

中國古代神話中，最有資格做戰神的應該是「刑天」，據說「刑天」殺到頭都沒有了，還以雙乳為眼，以臍為嘴，舞動干戚刀斧，繼續作戰。

關於戰爭之神的神話，使人意識到殺戮的本質，人類往往不知道為何而戰，戰爭像愛情

《山海經》裡的刑天，因為陶淵明「刑天舞干戚，猛志故常在」詩句，奮戰精神流傳不朽，幾可視為中國戰神了。圖為明代蔣應鎬繪圖本《山海經》的刑天造型。

一樣，沒有任何理由，卻都主宰著人類的禍福吉凶，因此，才有神話的位置。

「國殤」一旦被解讀成歷史現實，便失去了神話的超然位置。

閱讀「國殤」原文時，最大的悲慘在於沒有戰爭的對象，敵人是誰？為誰而戰？為何而戰？所有的思考都沒有，只是穿起盔甲，拿起武器，拚命廝殺，殺到頭與身體分離，殺到魂魄飛散在荒地，肉體棄置在原野，魂魄回不了家，但仍然不知道自己為誰而死？為何而死？

「國殤」裡有對無辜死亡慘遭殺戮生命的本質悲哀，如果有一個主宰戰爭的大神，這大神自己大概也不清楚為何陷在如此天昏地暗的殺戮中罷。

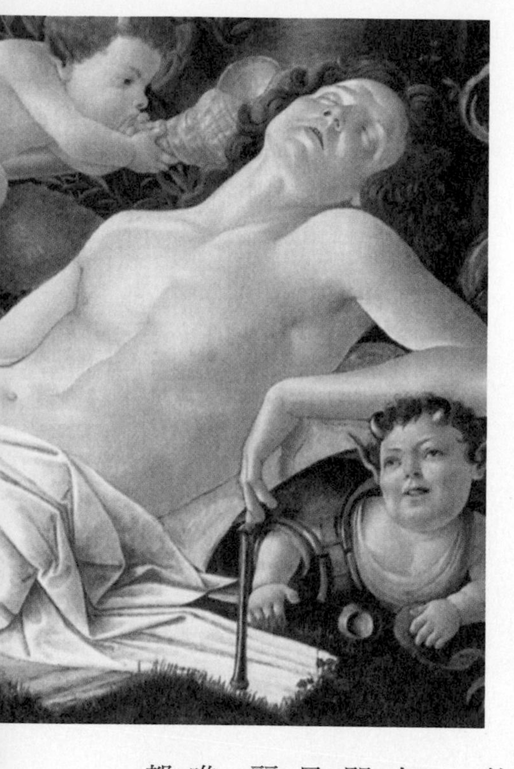

〈九歌〉的許多篇章中都有期待、渴望、追求、戀慕，這在女巫男覡娛神求歡的「湘君」、「湘夫人」和「大司命」、「少司命」等篇章特別明顯，即使如獨立的「東君」、「河伯」，甚至充滿孤獨感的「山鬼」，也都有對另一存在的「他者」的傾慕盼望，即使最終可能悵望幻滅，但是傾慕盼望本身變成一種美麗的過程。

唯獨「國殤」所有的章句中都透露著絕對的孤獨，沒有

對象，沒有牽掛，沒有戀慕或不捨，只是永無止盡飄忽在原野上沒有歸途也沒有前程的魂魄，只是緊緊抓著長劍武器的殘斷的肢體，已經支離破碎，卻還要奮力而戰。

戰爭或許像一種毒癮，是天上諸神最大的震怒，人類屠殺自己，無可救藥，神也沒有悲憫，只是冷眼旁觀。

我常常在閱讀「國殤」時想像兩千年前楚地祭祀中的場景，會是多麼震懾人心的驚心動魄的歌聲嘶吼或迷狂的舞踏。

如同在電視畫面上看到慘絕人寰的越南戰爭、柬埔寨戰爭、以色列與巴勒斯坦的戰

十五世紀佛羅倫斯派畫家波提切利（Sandro Botticelli）畫作，描述打仗歸來的戰神馬爾斯疲憊入睡，愛神維納斯在一旁靜靜守護著。現藏倫敦國家畫廊。

爭、美國與伊拉克的戰爭……我總想起「國殤」，想起年輕生命像中了巫咒一樣，被送上戰場，遭受屠戮蹂躪的悲慘，這麼悲慘，悲慘到了使人麻木，肉體支離破碎，血肉橫飛，彷彿反而變成一種快感，一種毒癮發作的狂喜。

戰爭之神是嗜血的神，祂一直存在，便是告訴我們自己內在也有的嗜血的本質。

我不知道自己被逼在慘烈廝殺中時會透露什麼樣的人性，我不知道鋒利匕首刺在咽喉時自己會有什麼樣的淒厲叫聲與驚恐眼神。

「國殤」或許不是傷悼陣亡將士的頌歌，「國殤」不應該是君王統治者拿來祭奠為他利用、為他死去的亡者的頌歌，「國殤」也不應該是任何國家或政權用來壯大自己軍容聲勢的「頌歌」。

「國殤」是對戰爭最絕望的詛咒、悲憤與唾罵。

若用「國殤」來滿足統治者的悲憫偽裝，是對「國殤」最卑劣的錯置。

「國殤」最終的領悟是祂們並沒有「國家」，祂們只是荒原上棄置的屍體，祂們只是荒原上找不到回家路途的魂魄。

在任何一座「忠烈祠」或「神社」祭拜的統治者，都只是為了自己權力的陰謀與野心。

「國殤」的魂魄一直在原野荒地，祂們從來不會在任何統治者的祭祀中出現。

在「國殤」裡，祂們只是活著的父母、妻子、兒女同聲一哭的野鬼！

羅馬時代留傳下來的戰神馬爾斯雕像。

之二

造型九歌

陳洪綬與九歌諸神

中國的經典一向缺乏圖像，儒家主導的主流文化偏重義理，較少故事人物的具體敘述，也更不容易發展出圖像的創造。

西方的文化經典，無論是基督教的《聖經》或希臘神話，都充滿個性鮮明的人物、戲劇化的情節、具體的事件，使圖像工作者可以發揮創造，也豐富了西洋美術與經典傳統的關係。

在巴黎、倫敦、紐約，任何一個重要的美術館，可以輕易看到太陽神阿波羅、美神維納斯，或耶穌與聖母的造型。

尤其對孩童而言，有了圖像佐證，文字的經典比較容易被記憶。

五四運動以後，很多學者注意到中國傳統經典缺乏圖像歷史的弊病，例如，魯迅曾經談到他孩童時耽讀《山海經》奇幻圖像的快樂。

鄭振鐸是比較正面積極地蒐集中國傳統版畫的一位，試圖彌補圖像——尤其是人物圖像——的不足，他編輯的《中國古代版畫史圖錄》中，晚明畫家陳洪綬就成為其中重要的一位。

陳洪綬，也叫陳老蓮，生於明代晚期，明亡後曾意圖自殺殉國，因此入清之後給自己取了一個號叫「悔遲」。

陳洪綬是最具創意的晚明畫家。

陳洪綬是清代初期活躍於南京一帶最重要的畫家。

中國的書畫從五代以後，歷經宋元，完全成為文人主導的潮流，輕視民間工匠，崇尚心靈意境，使繪畫走向標榜山水一途，人物畫成為末流。

陳洪綬是晚明反「文人畫」的重要革命者，他大量吸收民間廟宇節慶年畫的活潑意象，創造了富有生命力的人物造型，使中國長久陷於文人畫意境框框的美術有了新的方向。

陳洪綬與兒子小蓮，以及一些門徒開創了繪畫的作坊，不再強調個人的藝術，而是以可以量產複製的版畫，經由共同創作，為當時出版的書籍製作插圖，可以說是清代「繡像本」圖書的重要推動者。

陳洪綬捨棄了文人的清高，走向民間作坊，甚至為當時賭肆的賭具製作「葉子」。「葉子」類似一種紙牌，依人物造型等級分為「一百錢」或「一萬貫」。這種文人眼中俗鄙的賭具，經過陳洪綬的巧思，把《水滸傳》一百零八個人物一一放進「葉子」，民間賭博時，可以不知不覺看到造型有趣、活潑生動的「宋江」、「魯智深」、「李逵」……

陳洪綬是中國傳統文人畫走到末流時振衰起敝的創作者，他預告了新的藝術必須與民間、與商業市場結合的新途徑。

這樣一位有見識的畫家，自然不會放棄為〈九歌〉諸神造型的野心。

陳洪綬的〈九歌〉諸神造型，明顯吸收了民間廟宇文化的傳統，這些在廟會戲台上，或壁畫中，或剪粘彩瓷裡，或捏麵人手中都存在著的造型，經由陳洪綬精鍊的線條勾勒，一一栩栩如生起來。

蕭雲從與九歌諸神

畫家以〈九歌〉為主題做繪畫創作的表現，在晚明蔚為風氣。

陳洪綬是晚明畫家，蕭雲從也是晚明畫家。

這些經歷晚明戰亂的創作者，對抗過異族政權的壓力，最後寄情書畫，似乎都在〈九歌〉的神話世界得到了安慰。

或許因為戰亂與政治變遷，特別容易激盪人性的覺醒，晚明藝術創作也趨向一種不受宰制的批判性，流露出與〈九歌〉近似的自由與浪漫精神。

蕭雲從活躍於清代初期的安徽，他和一群同樣對抗新政權的遺民畫家，隱居民間，以書畫自娛，強調自我性格的完成，創作的風格特別獨特，不同於流俗。

一般畫史把蕭雲從歸在「新安畫派」，同一畫派的主要人物有漸江（弘仁）、程邃、戴本孝、梅清，大多是明亡後不事新朝的知識分子，他們常隱居黃山，也被稱為「黃山畫派」。

蕭雲從是典型的文人畫家，他的山水畫逼近元人風格，高雅清淡，但是看他以〈九歌〉為主題的一套冊頁，卻流露出非常民間人物的造型風格，雖然沒有陳洪綬作品那麼強烈，卻也有一種稚拙之趣。

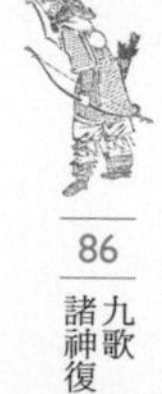

東皇太一

陳洪綬的「東皇太一」是玉皇大帝的造型，在民間道教的信仰中一直存在，這種造型可以上溯到敦煌壁畫，衣袍的頓挫線條也有唐代吳道子「吳帶當風」的風格。吳道子本來就在廟宇構壁上作畫，宋元以後這一傳統雖然被文人忽視，卻一直保存在民間工匠手中，藉著廟宇的力量傳承。

「東皇太一」手執印符與權劍，頭戴寶冠，滿腮豐髯，有君臨天下的威嚴。

陳洪綬的線條是經過最好的書法訓練的。飛動的衣袖飄帶，用輕重粗細不同的線條頓挫，使人感受到衣服的重量，感覺到衣服底下身體的體積，感覺到風吹拂的力量，這種用毛筆勾勒的線條，經由工匠刻成木版，再印製成可以大量流傳的文學插圖。陳洪綬的作品雖然一時不為上層階級接受，台北故宮博物院也很少他的作品，他卻一直活躍在廣大民間，在繪畫市場打開一片天地。

東皇太一

蕭雲從的「東皇太一」也近似民間玉皇大帝的造型，頭戴平天冠，身穿袞服，身旁伎樂宮嬪環繞，是民間很典型的帝王圖像。

這種民俗畫風格在稍晚的揚州畫派得到發展，晚清的任伯年也是這一系統的集大成者。

雲中君

陳洪綬「雲中君」的造型可以看到他最常見的風格，人物造型稚拙、可愛，有一種孩子氣的天真，很像西方現代推崇的「素人畫」（Naive）。

「雲中君」像是一個少年，上身披甲，左手持弓，右手執戟，他的下半身站在一團一團糾結的雲中，或者說，一縷向上升起的雲正在形成「雲中君」的身體。

陳洪綬的「雲中君」充滿了超現實的魔幻力量，在層層束縛的主流文化中，可以這樣大膽自由地創作，使「雲中君」還原到神話的變幻莫測，連他題的「雲中君」三個字的行草線條也飛揚流暢，沒有任何拘束。

「雲中君」的雙眼有一種專注凝視的表情，陳洪綬對人物神態性情的表現特別有戲劇性的張力。

雲中君

蕭雲從「雲中君」的設計很特別，為了凸顯「雲中君」在天際飄飛的崇高感，他在下方安排了兩個跪在地上禮讚「雲中君」的人物，但中國傳統繪畫沒有西方的透視法，仰面的角度抓不準確，五官造型如同兒童畫，另有一番趣味。

（左起）汪志浩、吳義芳、宋超群 攝影／劉振祥

雲門舞台上的「雲中君」
踏在兩個現代人的肩膀上，
他的腳從開始到結束都沒有落在地上，
他是天空之神。

湘君與湘夫人

「湘君」與「湘夫人」有人認為是一對配偶神，一男性，一女性。但也有人認為「湘君」、「湘夫人」是舜帝的兩位妃子——娥皇、女英。陳洪綬採用了後者的説法，都以女性角色處理「湘君」與「湘夫人」。

「湘君」梳著髻，頭戴珠釵，手中拿著一莖長長的荷花，披帛飄帶翻飛，陳洪綬以熟練的「行雲流水描法」勾勒出長長的飄帶，表現出宮廷女性的雍容閒雅姿態。

「湘夫人」是以背面處理，顯然與「湘君」有成對的構圖意義。據説舜帝死後，兩位妃子投入湘江殉情，許多人也認為「湘夫人」即是淚痕留在斑竹上的深情女性的魂魄。

「湘夫人」雖然背對畫面，然而在空中翻捲飛揚婉轉的珠串流蘇與飄帶，極盡誇張，用浪漫象徵的手法傳達了「湘夫人」特別激動起伏的內心情緒。

陳洪綬以衣服線條側寫主體人物的心情，其實是非常現代的表現手法。

湘夫人

湘君與湘夫人

蕭雲從也以舜帝二妃娥皇、女英來處理「湘君」、「湘夫人」。

「湘君」是正妃，騎乘一頭有翅膀的飛龍，漫天飄散花朵。「湘夫人」騎馬，髮不梳髻，身上披著樹葉，似乎蕭雲從也知道〈九歌〉是原始初民的神話，服飾不應太過華麗講究。

攝影／劉振祥

雲門的「湘夫人」原來站立在兩名侍者抬的竹轎上，身上圍著白色長紗，長紗一直拖曳到很遠的地方，像一條明亮的河流，在舞台上蜿蜒而去。

「湘夫人」從竹轎上下來之後，擺脫了長長白紗的糾纏，她卻仍然戴著面具，她的面具是一張白白小小的臉，有點憂愁可憐，她坐在長滿荷花的水邊，不斷凝視自己的容顏。

大司命與少司命

「大司命」與「少司命」也常常被認為是一對配偶神，但是陳洪綬卻把二者都處理成男性。

「大司命」頭戴寶冠，手中拿著長卷，似乎是閱讀「生死帳冊」，不縱不枉，臉上的表情彷彿冷酷無情，尤其是一對斜向上挑的眼神，透露著洞察人間善惡的銳利與精準，使人想起民間城隍爺的鐵面無私。

「少司命」又是以背面處理，看不到五官正面，卻更給人以神秘與高深莫測的權威感。

「少司命」手中掌印符，腰際配劍，長袍大袖，頭繫高冠，使人想到民間道士的造型。

大司命

陳洪綬非常注意線條性格的變化，「少司命」衣袍的寬扁線條，與下面雲車的纖細線條，形成有趣的對比，也可以看出陳洪綬線條變化中輕重疾徐、節奏頓挫的音樂性。

少司命

大司命與少司命

蕭雲從的「大司命」、「少司命」也形成一種對比，「大司命」乘龍飛在空中，身穿袍服，有士紳貴族的儒雅；「少司命」卻披散長髮，光著腳，手中執持羽毛法器，很像原始民族的祭司女巫，或許更貼近〈九歌〉做為初民神話的原型。

雲門的「大司命」與「少司命」一起出場，
祂們臉上戴著詭異的面具，神秘、莫測高深，
像是通向死亡的宿命符號。
大司命與少司命近於全裸，
只有下身圍著黑色或紅色的帶子。
紅色與黑色其實也像是
生與死的顏色。

林俊宏（下）、曹桂興　攝影／劉振祥

東君

陳洪綬〈九歌〉諸神的造型多從民間工藝人物取得靈感，而民間工藝的人物造型又常常與民間廣受大眾喜愛的戲劇人物角色取得啟發。

「東君」是太陽神，但是陳洪綬卻沒有往「太陽」方面去思考。「太陽神」應該是天上正面陽剛之神，受大眾尊敬，陳洪綬可能從這一角度思考，就從戲劇舞台上借來了最受崇拜的「關公」容貌。

「關公」隨著三國戲的普遍流傳於民間，早已深深烙印在大眾心中一個不可改變的形貌，「紅臉」、「長髯」、「丹鳳眼」，加上頭上一頂青巾幞頭，額前一簪絳紅絨纓。

我們細看「東君」的眉眼鬍鬚，活生生是舞台「關公」的翻版，陳洪綬也藉此賦予了「東君」陽剛正義忠烈之神的性格。

東君

蕭雲從的「東君」以帝王的姿態出現，雙手捧日，君臨天下，他也具體表現了「駕龍輈兮乘雷」的文字描寫，龍車旁邊有一連鼓圍繞著的雷神。

下方是演奏鼓樂的儀仗隊伍，使「東君」更有出巡的氣派。

李靜君（前）、鄧桂複　攝影／游輝弘

雲門的「東君」戴著面具，
面具像太陽一樣，向四面放射出光芒。
這是太陽神，是每一天從地平線上升起的太陽，
是宇宙間最大的陽剛力量。

河伯

「河伯」是黃河之神，是波濤洶湧的大河之神。我們專注看這一幅人物造型，是一名有鬍鬚的男性，右手拿一支畫了花紋的槳，木槳是河上船夫用的工具，用來代表水上行船的保護神。但是這一個人物，如果只看衣紋的部分，從頭巾到衣袖，到裙裾，整個如水紋宛轉的造型其實移用了民間最熟悉的「水月觀音」或「白衣大士」的形貌。

陳洪綬把大眾已經熟悉的造型改頭換面，也讓衣紋有「河水」的象徵，使流傳久遠的民間傳統與他的創新結合得天衣無縫。

「河伯」腳下有一條龍，龍的造型也稚拙憨樸，並不張牙舞爪，卻自有民間的童趣。

河伯

蕭雲從的「河伯」是民間常見表現大海龍宮或水晶宮的處理方式，魚龍跳躍，水波洶湧，而畫家以極稚氣的方式表達海中八爪章魚之類的怪異造型，也完全承襲了民俗藝術的活潑生命力。

山鬼

「山鬼」自古以來是圖像上變化最多的神，有人把祂畫成妖魅女神，有人畫成肉體豐滿的少女，而陳洪綬的處理最有趣，他把「山鬼」打扮成一個街頭流浪漢或遊民。

「山鬼」鬢髮蓬鬆，上身圍了一圈樹葉，下面穿了一條像是夏威夷土著穿的大草裙，袒露著肚腹，坐騎在一頭赤豹身上，「赤豹」的造型正是民間可愛的老虎或廟會中舞獅的獅子，和藹可親，一點也不凶惡。

「山鬼」是陳洪綬創造的人物造型中最貼近民間趣味的一個，他還在「山鬼」凸起的肚腹中央肚臍四周加了一圈毛，好像一張人的臉，充滿了超現實的幽默感。

山鬼

山鬼

「山鬼」被蕭雲從處理成美麗的女性，她的坐騎「赤豹」、「文貍」卻長相詭異。

為了表現原文中「雷填填兮雨冥冥」的描寫，作者在天空中又畫了一個雷公，如同印度教的金翅鳥王（Garuda）鳥頭人身，張著翅膀，身旁一圈連鼓，代表雷聲，這樣充滿卡通趣味的造型，正是〈九歌〉神話對傳統創作者幻想啟發的最大貢獻。

雲門的「山鬼」是瘦削的，躲閃的，
他塗著白白一張臉，臉上有狐疑驚慌，
好像在逃避什麼，不斷蹤躍竄跳，
像山林間一閃即逝的狐狸或山貓，體態輕盈，
人們從來看不見牠的全貌。

國殤

陳洪綬的「國殤」是一名引刀自刎的戰士，頭上戴盔，身上披甲，手上持弓，腰間掛著箭囊，卻有一把板斧丟棄在地上。

這個圖像讓我想到「我自橫刀向天笑」，想到「引刀成一快」，想到壯烈犧牲的武士烈士的形象。

陳洪綬經歷明清朝代交替的大戰亂，知道大勢已去的絕望，這張「國殤」中引刀自刎之神，或許使他想起自己在明亡時刻曾經自殺殉國的悲哀心境吧！

國殤

蕭雲從的「國殤」是一名猛將，手持弓與長劍，站立在戰車上，戰車上飄著長旗，拖戰車的兩匹馬造型奇特，全身被滿護甲，頭上插羽飾，完全像西方中世紀的戰馬。蕭雲從是把「國殤」做為一種戰爭之神來處理。

攝影／劉振祥

雲門的「國殤」，
一開始是白色袍衣的俠士，
頭上綁著白色布條，
他們是在死亡赴約前的告別，
使人想起荊軻，
想起「風蕭蕭兮易水寒」。
而後，一群頭上罩著竹籠、
雙手鎖著鐐銬的人，
他們在走向統治者的刑場，
他們在走向自己的死亡。

禮魂

陳洪綬一方面傳承民間美術裡人物的華麗傳統，像「禮魂」中的女神，一身珠翠飄帶，使人想起民間廟宇、廟會常常會看到的「八仙」之一的何仙姑，她或者在牆壁壁畫中，或者塑成彩塑玩偶立在屋簷上，也可以忽然在類似歌仔戲的舞台上蹁躚起舞，民間大眾一眼就能認出來。

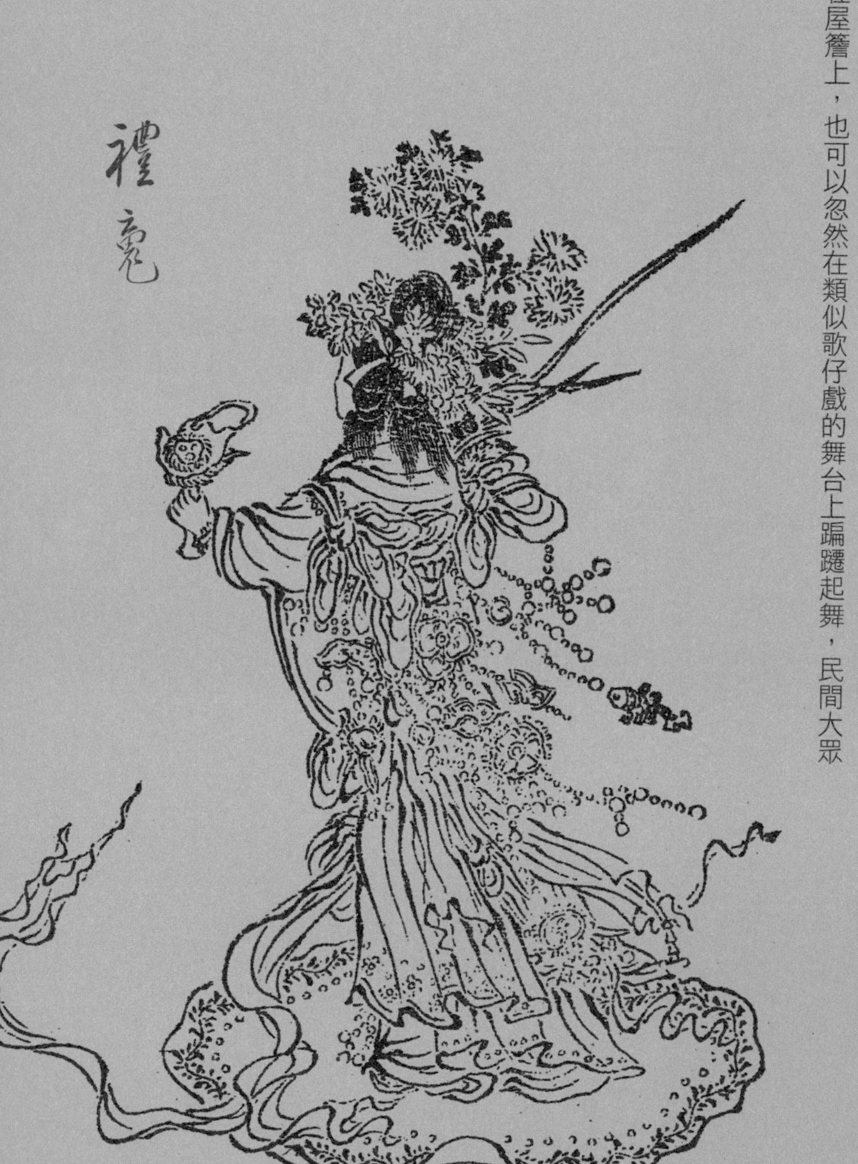

禮魂

「禮魂」是尾聲，一名女子手持鮮花與芭蕉葉，另一手是盛開的蘭花，女子翩翩起舞。蕭雲從以流暢的線條表現飛揚的袍袖飄帶，極富音樂性與律動感。

屈子行吟

「屈子行吟」不屬於〈九歌〉諸神，卻是傳承〈九歌〉的詩人屈原。陳洪綬抓住了《史記》中的描述，表現了屈原最終要自投汨羅江前「行吟澤畔，顏色憔悴，形容枯槁」的心情，因此，陳洪綬另一方面也結合了文人的孤傲與堅持，使他的創作有豐富的面向，尤其是利用了可以大量複製印刷的「版畫」，更使他的藝術可以普及到民間大眾。

之三 舞動九歌

林懷民的『九歌』

林懷民要編作『九歌』了！

他的桌案上放滿不同版本的《楚辭》，不同時代的不同註解，許多是漫長歷史裡所有落魄懷才不遇文人的憤怒不平，許多忠君愛國卻不得重用者的牢騷不平。

屈原被塑造成一個憂國憂民的政治落魄者，懷抱自己忠君愛國的堅貞而死，這個形象是兩千年來中國政治受害者共同的投影，「長太息以掩涕兮，哀民生之多艱」，連魯迅也不自覺地把自己投影在這個孤獨而悲哀的絕望角色中。

幸好，林懷民並不是中國文學經典的學者，他不必只對桌案上的註解負責。

他可以瀏覽新出土的楚文物圖片，震驚或好奇於那些塵埋多年的古墓中的怪物竟充滿現代文化的張力，他可以訝異於那些不可思議的誇張造型中呼之欲出的神話鬼魅的幻想力量。

林懷民編作『九歌』更大的靈感可能來自近現代文化人類學的資料，那些保存在不同原始部落中的面具、服飾、歌唱或舞蹈，在那些王國維所說的「巫」文化中，存有相傳久遠、不曾中斷的人類的愛與恨的儀式。他可以到阿里山的達邦或特富野，在鄒族迎神送神的歌聲裡，聽到〈九歌〉的「東皇太一」或「禮魂」；他可以從卑南族仍然傳唱於台東知本或南王村一帶的古調中，聽到「湘君」與「湘夫人」悠揚纏綿的愛情；他也可以在爪哇峇里島的祭禮中，看到被鮮花簇擁的男巫、女巫列隊迎接神祇的降臨。是的，神

前頁圖片攝影／謝安

的降臨，不是一個外在的形象，真正的神的降臨必然是一種附身，所有原來萎弱的生命會在忽然間狂喜悸動起來，唱歌、舞蹈，是神在一個軀體裡交媾時的悸動。

林懷民的『雲門．九歌』因此是一個全新版本的〈九歌〉，卻也可能是復原〈九歌〉諸神最徹底的作品。

兩千年來，〈九歌〉的註解大致限制於章句本身。近代人類學的觀點，使〈九歌〉跳脫了傳統經典文學的範圍，〈九歌〉被視為上古人類重要的神話儀式遺存，近代的學者如郭沫若、聞一多才能用嶄新的角度對待〈九歌〉，也使〈九歌〉從經典的狹窄框框忽然有了全新的現代生命力。

十八世紀以降，西歐先進文明的學

爪哇峇里島的舞蹈裡，看得到〈九歌〉的影子。（攝影／楊雅棠）

者重視神話，認為神話並非無中生有、怪誕不經的傳說，相反的，神話中保留了大量歷史之前人類生存的觀念，特別是初民與大自然之間的對話關係。

西方學者從十八世紀開始對埃及、西亞、希臘各地古老神話信仰的探討，總結成重要的史前遺址發掘，舍利曼（Heinrich Schliemann）對邁錫尼（Mycenae）和特洛伊（Troy）城邦古遺址的發掘，也證明了荷馬史詩中的神話細節原來一一都曾經是史實，並非憑空虛構的神話。

初民的生活簡單，他們仰觀天文，俯察地理，留下基本的信仰軌跡，信仰是敬也是畏，使他們在宇宙的茫昧中有了對不可知的生命力的感謝與敬拜。

「東皇太一」不是超自然的天神，祂只是宇宙初始不可知的創造力，祂是一切生命的起源，祂比「一」更早，因此是「太一」。

老子說：「一生二，二生三，三生萬物。」初民看到了比「一」更早的起源。

他們其實不知道那「太一」是什麼？無以名之，但值得敬畏。

「東君」是太陽神，是每一個黎明從東方升起的巨大的星辰，是光亮、溫暖的來源，是生命的來源，使萬物甦醒，使每一片樹葉、每一枝草獲得光的滋養。

對那給予萬物生命的巨大星辰，初民並沒有現代天文科學的知識，但他們望著日出，望著日落，望著一片光輝燦爛的明亮巡行於天空，他們便有了崇拜歡欣。他們在破曉的地平線上看旭日升起，心裡泛起不知名的喜悅，他們看到日薄西山，在晦暗的暮色裡也感覺不可知的悵惘與感傷，他們的生命和日出日落的生命有了連繫，他們歌頌太陽，也正

每天看著太陽起落，先民充滿敬畏，因而有了太陽神／東君的概念。（攝影／楊雅棠）

是歌頌自身生命的「自強不息」。

他們看到太陽被一片黑影遮蔽，天昏地暗，他們無法解釋日蝕的現象，但他們恐懼驚慌，拿出鍋碗瓢盆用力敲打，試圖嚇走吞食太陽的傳說中的天狗，使太陽復活，使萬物恢復正常的運作。

林懷民思考的「東皇太一」和「東君」，不是章句，而是神話世界的初始，儀式，生殖，太陽。

近代學者闡釋了〈九歌〉中巫覡與神話的關係。

女巫男覡，在儀式中戴了面具，化了妝，穿了神的袍服，他（她）就是神，在喃喃唸誦中，在香煙繚繞的朦朧中，巫覡舞動，在鮮花簇擁的濃郁氣味裡，在豬羊肉祭奠的腥氣與椒漿辛烈的酒香裡，他們迴旋起伏，祈求神的降臨。

他們一再盼望、等待、渴求，如同最激烈高亢的性慾，一再挑動引誘神進入他（她）們的身體。

神的降臨是進入巫覡的肉體之中，神一旦進入，巫覡迷狂顫抖，他（她）們的聲音是神的聲音，他（她）們的舞步是神的舞步。

林懷民童年有過不少台灣廟宇文化的記憶，他不會不記得口中唸唸有詞的乩童，他們手持鯊魚劍，以尖釘劈刺背部，他們迷亂癲狂，卻又有著人性常態沒有的超神秘力量的威嚴篤定，他們是巫，又是神，因為神的進入，使巫的身體飽和高亢達到非理性的威力，震懾圍觀的人。

〈九歌〉的許多令人心魂蕩漾的戀慕纏綿，其實並不是男女的戀愛，而是巫與神的交歡，那是比人世歡愛更激情熱烈的肉體震盪。

神渴望進入肉體，巫渴求神的充滿，祂們的交合與抽離都是狂喜也都是劇痛。

兩千年來，〈九歌〉使文人驚動，覺得是不可思議的激情之愛，但是他們其實無法想像畫面。

林懷民的『雲門．九歌』，一開始就是巫神交歡的序幕。

台灣廟宇文化中的乩童，也給了林懷民創作『九歌』舞作時不少靈感啟發。（攝影／楊雅棠）

東君——女巫與天神的迷狂交媾

『雲門．九歌』的第一段是組合了「東皇太一」與「東君」，女巫與天神交媾的祈神儀式。台灣阿里山鄒族祭典中的「迎神曲」宏亮壯大啟開序幕，董陽孜書法的〈九歌〉組合成原始神話與漢文明的交融。

圍坐在舞台上一圈穿白袍的巫者，手持長籐，擊打地面，在規律的節奏中，女巫舞出請神降臨之舞。白袍巫者與漢字書法像兩千年文人的註解，但他們不是真正的〈九歌〉，真正的〈九歌〉是傳唱在山野的原始神話祭典。

舞台前方一片荷花搖曳，真正用大缸在淤泥中培植出的鮮麗荷花。荷花在整個亞洲象徵著生命，象徵復活，象徵生殖，象徵信仰。

這些頗具象徵意義的荷花，也許正是〈九歌〉儀式的中心。

印度教的巫者都手持荷花，佛菩薩都在荷花上趺坐。

林懷民在印度、峇里島、柬埔寨、泰國、緬甸，都看到這些荷花傳承著一種信仰，它們永遠是諸神國度的花，它們鮮艷或芳香，供在諸神腳下，是諸神歌舞的開始。

女巫不時以荷花的水清洗自己，也彷彿是潔淨自己的身體，等候諸神進住。

荷花是新鮮生命，荷花也是救贖，是喜悅的分享，也是憂愁的分擔。

眾巫圍坐，他們潔淨的白色長袍好像一種歷史的隱喻。新近出土的楚墓中有招魂用的

東埔寨吳哥窟的荷花池。荷花傳承著東方信仰，是諸神國度的花朵。（達志影像提供）

「非衣」，一種長條布幡，上面畫著亡者的相貌，當時楚地的貴族男子，頭戴切雲高冠，身穿廣袖長袍，腰佩長劍，乘坐龍船，緩緩而行，頭上華蓋流蘇在風中飄揚。

這是屈原時代楚國可以考據的服裝。

『雲門．九歌』幕啟時的白袍舞者只是引導進入神話的歷史源淵。

但是服裝只有歷史的意義，卻無法追溯神話。

〈九歌〉是神話，因此，在舞台上女巫穿鮮紅色的長裙，袒露前胸，舞動時也暴露出壯碩強健的腿股。可以想像，真正〈九歌〉的原始祭祀，人體更是赤裸的！

女巫長髮披散，結滿鮮花，她不只是楚國的女巫，她是人類渴求諸神信仰的肉體。

大神降臨了，站立在兩名侍從的肩膀上，壯碩雄武的男子，戴著猙獰又華麗的面具，面具四周放射光芒。

他降臨了，強暴般地壓倒女巫，霸佔人類的肉體，制服人類的肉體，主宰人類的肉體，在人類的肉體中予取予求，這是林懷民詮釋的〈九歌〉諸神。

初民信仰裡的諸神，如同原始印度教的濕婆（Shiva），如同希伯來《舊約》的耶和華，如同希臘的宙斯，都沒有世俗意義的「慈悲」。

原始信仰的大神往往殘暴猙獰，往往只有非理性的操控與發洩，只有懲罰與災難。

老子說的「天地不仁，以萬物為芻狗」，這樣作賤玩弄人類，才是諸神的原貌罷。

然而，初民需要的正是這樣的神話，初民生活在殘酷的自然鬥爭中，他們要經歷沒有理由的地震、海嘯、暴風雨，他們要經歷沒有理由的病疫、死亡，他們生存的殘暴與生殖繁衍方式都毋寧更像非理性的諸神。

「神變得慈悲」——這必定是文明發展到了一定溫飽的階段，有了秩序與規則，有了倫理，有了穩定生活，但也少了原始生命對抗殘暴與毀滅的狂野生命力與創造力。

女巫與「東皇太一」或「東君」的交媾像是愛恨糾纏不清的肢體，那肢體彼此纏繞撞擊，像是最大的愛，也像是最大的恨，是狂喜，也是劇痛，是依賴，不是對抗。

原始的性與生殖大約是如此，在狂喜與劇痛之間，在滿足與虛無之間。

許多原始民族至今還保有的處女祭神的遺俗，在狂暴的巫的神殿，那處女的獻祭便是生命最原始的鮮紅的血的獻祭吧！

『雲門．九歌．東君』一段，有許多對比，漢字書法與台灣鄒族迎神合唱是對比，白袍廣袖的文人聯想與女巫的鮮血紅裙是對比，女巫的肉體與大神的靈的降臨，也是對比。

林懷民試圖從歷史一路回溯到遠古的神話，但他更關心的似乎是「現代」！

長沙馬王堆所出土的T型帛畫，也就是用來招魂的「非衣」。

李靜君與雲門團員　攝影／劉振祥

【迎神】

『雲門．九歌』序幕的展開舞台上有一種「白」與「紅」的鮮明對比。

十幾位舞者身穿寬袖白袍，圍成圓圈，手中拿著長長的籐杖，敲打地面，舞台上有一種打擊樂的節拍。

白色的袍子，寬大的袍袖，腰帶飛揚，都使人聯想起中國古代的文人，好像《楚辭．九歌》的文學註解，歷代的文人註解把〈九歌〉包裝成傳統經典文學裡高深莫測的符號。

但是，兩千年來文人的註解並不等於〈九歌〉本身。

〈九歌〉是比文人更早的初民原始的神話。

因此，像血一樣鮮紅的女巫跳了出來。她飛張著披散的頭髮，她手舞足蹈，動作強烈而激情，她血紅的外裙好像遮掩不住內心熱烈的對神秘世界的狂想。

事實上，「紅」的女巫，顛覆了「白」的文人。

「紅」是血的獻祭，文縐縐的文人不會懂血肉祭祀的意義。

人類的初民，他們是以活生生的血肉祭神的，叫做「犧牲」。〈九歌〉正是在「犧牲」的鮮血與肉體中唱出的原始歌聲。

紅衣女巫復活了〈九歌〉原型！

李靜君與雲門團員　攝影／劉振祥

【東君或東皇太一】

〈九歌〉是初民的神話，神存在於宇宙間，可能是天上的雲，可能是太陽，可能是山脈，也可能是河流。

初民在曠野中對天地呼喊，希望神靈能夠降臨，帶給人類保佑與祝福。

事實上，初民由女巫男覡降神的儀式充滿了原始「性」的交合意義。由女巫請神，或由男覡請神，都有以男女性交行為來讓神與人合而為一。

民間所說的「附身」，或許可以說明初民降神儀式中的「性」的元素。

『雲門．九歌』在「迎神」的部分，由紅衣女巫請神降臨。一名身體健碩的男子踩在兩位侍者的肩膀上出現，祂，或許是〈九歌〉原文中的「東皇太一」，或許是「東君」，一個宇宙最有權威的男性神祇，代表天地的開始，代表一切生命的誕生，代表宇宙的創造；如果是「東君」，則更具體地是東方升起的太陽，如人間君王一樣崇高威嚴。

【神人交歡的故事】

「東君」戴著面具，被塑造成一個健壯威猛的男性，太陽神的降臨因此也必須通過女性肉體的迎接。

紅衣女巫是以肉體迎接大神的女性，她必須在這一次迎神的儀式中成為母親，她必須使神的種籽留在她身體之中，傳衍豐盛而強大的子嗣，傳衍綿綿不絕的生命。

『雲門．九歌．東君』一段的肢體強烈威猛，這是原始初民的性，不是現代人的戀愛，在生命傳衍艱難的年代，他們是在風雨中完成儀式，是在天的覆蓋與地的承載中完成儀式，是在野獸環伺的危機中完成儀式，因此他們的肉體在猛烈的撞擊與迷狂中達到神與人極致的交歡。

沒有生命巨大的渴望，不會知道肉體與性的交歡如同宗教一般莊嚴。

〈九歌〉事實上是神人交歡的永恆頌歌，充滿了詠嘆、顫抖、悸動與暈眩的迷狂。

李靜君（前）、鄧桂複　攝影／游輝弘

李靜君（前）、余建宏與雲門團員　攝影／劉振祥

【征服的愛】

東君與女巫完成神人交歡的降神儀式，四周圍繞著白袍的舞者。

白袍的舞者像是兩千年來註解〈九歌〉的文人，他們不是儀式的主角，他們只是旁觀者，他們圍繞在神人交歡的儀式四周，吆喝吶喊，但是他們達不到儀式的核心。

或許寬袍、大袖、腰帶，變成太多歷史瑣碎的包袱與束縛，〈九歌〉因此失去了原型。

東君與紅衣女巫顯然和白袍的舞者不在同一個時空。

東君有時像是在壓迫著紅衣女巫，祂的神性的愛狂暴到近於一種虐待與殘酷。

回到動物性的原始，性的繁殖本來具有殘酷性，在禽鳥或野獸的性的行為中，看到一種殘酷的揀選，一種壓迫，一種全然的征服，是雄性動物刻意要在雌性動物面前表現的絕對威嚴。

那或許正是「東君」這個角色的本質，有點像希臘神話中的宙斯，祂在整個神話領域不斷表現性的繁殖與征服，而且，祂在每一次尋找性的對象時常常變幻成動物，有時是牛，有時是天鵝，有時是鷹……

神話正是人試圖還原動物原始本能的一個莊嚴儀式吧！

鄧桂復與雲門團員　攝影／劉振祥

【光芒四射的東君】

東君降臨了，通過女巫血紅的肉體獻祭，祂來到人間。

東君以太陽的無限威力君臨人間，祂搶奪了原來拿在白袍舞者手中的籐杖，祂搖動這些長長的籐杖，籐杖閃動，像太陽無遠弗屆的光芒。

舞台上白袍舞者褪去了上衣，他們一旦擺脫了部分袍袖的束縛，彷彿就擺脫了歷史，直接近入神話。

神話是比歷史更早的生命故事。

文人的旁觀消失了，白袍舞者參與了祭典，成為生命儀式的一部分。

他們臣服於東君的生命，他們跪伏在地上，仰望大神的光芒，他們像希臘神話悲劇史詩中的歌詠隊，以合唱的方式讚頌大神。

東君彷彿在給予這些生命祝福，祂的光芒的閃爍，牽動每一個生命的動作。

原始巫的文化中本來就有著魔的部分，據說原始祭典中獻祭於神的「犧牲」——包括活生生宰殺的豬、羊、牛，或是人，他們死後的靈都受到了祝福，現代人很難理解，原始神話中的祝福是沾帶著血和肉的熱度的。

我們或許都回不到〈九歌〉的時代了，因為我們懼怕血與肉的熱度與腥味。

一個旅人

在『雲門．九歌』的每一段，常常穿插一位提著行李箱的旅人。

他，正要出發？還是剛剛回來？或者，一直徘徊流浪在旅途？

旅人頭戴呢帽，現代人的西裝打扮，他像偶然闖進神話世界的一個現代人。

也許，林懷民並不希望復原古代的〈九歌〉神話，或者，他也覺得已經沒有人知道真正原始版本的〈九歌〉。

雲門展現了一個純粹現代人看到的〈九歌〉，這個旅人，或者是林懷民自己，或者是我們。

手提著皮箱，或者騎著腳踏車，載著皮箱，他總是一語不發，無視於舞台上的生死愛恨，無視於天上諸神與人世苦難歡欣，他像一個生命長途中的過客，偶爾瞥見神話的一角，與諸神擦肩而過，卻又匆匆趕路，繼續自己的路程。他有自己的路要走，他自己是神話的一部分，他的存在就是神話，他就是神。

洪誠政與雲門團員　攝影／李銘訓

【一個旅人的闖入】

如果『雲門．九歌』的舞台上忽然闖進了一輛腳踏車，讀〈九歌〉的學者會不會大驚失色？

一個古老的傳統，往往因為古老而變得越來越封閉僵化。

〈九歌〉在兩千年間變成書房裡安靜閱讀的文學經典，每讀一段，可能要查好幾個單字辭彙，許多學者忙碌於訓詁，尋找文字學或音韻學上的依據。

但是〈九歌〉最初只是沒有文字的歌聲，只是伴隨歌聲的舞蹈與儀式。

因此，可以想像，一個窮於在書房索隱〈九歌〉註解的老學者，安靜的書房裡忽然闖進了一個騎腳踏車的年輕人。

老學者的〈九歌〉之夢一下子被拉回到現實，這是二十一世紀，這是一個全新的時空。

腳踏車騎上舞台，白袍的文人驚慌錯亂，他們的白袍已經褪去了上半身，他們開始多了一點肉體，多了一點可以進入〈九歌〉的可能。

騎著腳踏車或提著皮箱，『雲門．九歌』的舞台上一直有一個突然的闖入者，打破〈九歌〉的古老夢想。〈九歌〉不是古典，〈九歌〉就活在當代。

司命——生與死的唸誦

『雲門．九歌』第一段「東君」結束之後，緊接著就是「司命」，把〈九歌〉原文的「大司命」與「少司命」合而為一。

〈九歌〉篇章的秩序本來就有爭議，原來「東君」排列在較後，近代學者聞一多認為「東君」應緊接在「東皇太一」之後，許多現代的版本就採用了他的看法。『雲門．九歌』也如此安排，把「東皇太一」與「東君」合成一段。

「東君」之後安排「司命」，『雲門．九歌』的秩序或許有舞台上的需要。

在「東君」一場中，穿白袍的巫者，造型上其實非常像儒雅的文人，白衣白袍，寬袖廣襦，剛出場時的動作也顯得文質彬彬，彷彿神話〈九歌〉外面罩的一件偽裝的外衣。

到了「東君」裡太陽神與女巫狂亂交媾的一段，文人形象的眾巫已擺脫甩棄了白袍羈絆，露出赤裸上半身。衣服像一種束縛，一旦脫去，露出肉體，就還原了他們「人」的本質。

「司命」開始，原來舞台上的眾巫開始做機械規律的動作。

「司命」裡的舞者像一種沒有表情、面目五官模糊的「偶」。

西藏密宗喇嘛唸誦經咒的聲音響起。

人聲的唸誦，不是音樂，是祈求，是安撫，是符咒，是生命無奈時祈求四方神明的一種獨白。

「司命」是死亡之神，在原作中「大司命」是陽剛男性，「少司命」是陰柔女性，一組配偶神，由男覡女巫請神。

在原始初民的生活中，死亡未必可怖，死亡只是一種未知，因為未知，只有敬畏。

雲門舞台上的「大司命」穿紅，「少司命」穿黑，一白鬚，一黑髯，都是男性，造型強烈對比，動作有點像台灣城隍廟會時神鬼的步伐。

在雲門「司命」一段感受到的未必是「死亡」，而是一種命運操控的悲哀。

舞者在舞台上，彼此產生壓迫式的操控，男性操控女性，強者操控弱者，或者一群人操控另一群人。

一個男子渴望一個女子，追求、擁抱、依靠、做愛……所有的動作都被「司命」操控，他（她）們的愛與恨都不能自主。

唸誦經咒的聲音很單調，不斷重覆，但越來越高亢，力量很強。

經咒是命運的咒語，沒有人可以解讀，只有遵從敬畏，照本宣科，反覆循環，如同生命本身。

舞台上的人像傀儡，使人想起民間廟會裡的七爺、八爺，白無常、黑無常，由人扮演，卻又是傀儡。台灣廟會的七爺、八爺來到現代世界，竹架製成的巨大人偶套在人的身上，搖擺著空洞巨大的身軀，恐怖而又悲哀。

沒有自主意識的「人」其實是一種傀儡，在看不見的絲線的牽連控制下，做出各種動作

表情，或愛，或恨，或喜悅，或憂愁，但其實都只是傀儡而已。

林懷民對「司命」有不同的看法，「司命」不再只是死亡之神，而是操控生命的荒謬之神。被操控，其實是更大的悲哀，沒有生的自由，也沒有死的自由。

舞者的身體像被玩弄的傀儡、皮影、布袋偶人，各式各樣的像人而不是真人的傀儡，被無形的線牽著，或起，或伏，或立，或倒，只是聽命於「司命」主宰的玩偶。

東南亞盛行的「偶戲」，包括布袋戲、皮影戲、各式傀儡都成為「司命」的靈感，「偶」是像人而不完全是人的表演形式，卻引發許多關於「人」的省思！

舞台上的「大司命」也操控「少司命」，林懷民似乎看到不同形式的命運的操控，或不自覺被操控的操控。

顯然，林懷民並不喜歡〈九歌〉的諸神，神如果是操控人的自由、高高在上的權威，林懷民似乎希望有一種人的覺悟，一種對神的背叛。

〈九歌〉是人對諸神的盼望，由巫來請神，林懷民認為神最終並沒有降臨，人類似乎只是藉著神話歌頌了自己，醒悟了自己存在的價值。

攝影／劉振祥

【肉體與死亡的命題】

緊接在「東君」降臨之後，原來白袍掩蓋下的舞者都脱去了白袍，露出他們赤裸裸的肉體。

他們在舞台上像一群新生的嬰兒，剛剛擁有初生的喜悦，但是，即刻，那生的喜悦立刻伴隨著肉體死亡的恐懼。

他們不知道為什麼，肉體有這麼多艱難的負擔，肉體會痛，肉體會疲倦，肉體會軟弱；肉體有這麼多的慾望，肉體怕熱燙，肉體怕寒冷，肉體怕長膿瘡，肉體怕野獸嚙咬，肉體怕蚊蟲叮咬，肉體怕火，肉體怕水，肉體怕墜落，肉體怕風雨、怕地震、怕天崩地裂……

肉體的艱難是它永遠通不過死亡。

死亡成為所有初民神話重要的命題，印度教的冥中之王牙麻，希臘神話的冥獄之神黑德司，基督教的撒旦（Satan），一切初民信仰裡都有這驅使人走向不可知的黑暗的巨大力量。

死亡的力量並不小於生長的力量。

『雲門．九歌』思考的死亡是一種冥冥中不可知的主宰，這些在舞台上扭動、糾纏、陷於無以自拔狀態的肉體正是「司命」的主題，祂們是主管命運的神，主管生死的神，主管人從何而來、從何而去的神。這樣的神，使人懼怕，使人敬畏，也使人迷戀。

【司命】

為什麼會有「大司命」與「少司命」？

有人認為「大司命」是主管成年人的死亡之神，「少司命」是主管少年人的死亡之神。

也有人認為「大司命」與「少司命」是一對配偶神，應該是一男一女。

『雲門．九歌』的「大司命」與「少司命」有點是老者與少年的感覺，其中「大司命」有一大綹垂在胸口的白鬍鬚。

司命的動作很大，好像在空無一物的舞台上釋放著看不見的許多條線，每一條線牽連著人體的頭或四肢，那些無形的線就是操控命運的線，也是操控生死的線。

司命隨意玩弄著這些被線牽連的傀儡，傀儡並不自覺背後有人在操弄，觀眾看了或許感覺到生存的無奈與悲哀。

因此，「司命」這一段，死亡的命題之外隱含著更明顯的「命運」主題，是對荒謬的命運被擺弄的怖懼與嘲諷。

攝影／劉振祥

【來看一看自己死亡】

一個右手撐著雨傘，左手提著皮箱，穿著西裝的男子走了進來。他好像一個過客，一個在漫長旅途中的旅人，忽然闖進了舞台，看著舞台上的一群人，被這偶然的畫面嚇住了，他呆呆望著，他看到了旅途的終點，其實是自己的死亡，他想起古老印度經文裡的句子──「流浪生死」。

『雲門．九歌』一直看得見現代人誤打誤撞地闖進一個神話的國度，這個國度有地平線上初升的太陽，有連綿不斷的山脈與蜿蜒流去的長河，有生命的繁殖與毀滅，有各種形式的愛與恨。

「司命」裡的旅人看到舞台上赤裸的人體，好像陷溺在無以自拔的掙扎中，他們背貼著地，四肢向上掙扎，好像努力要離開他們的現況，但是他們解脱不了，他們似乎註定了要跟這樣無休無止的掙扎永遠在一起，直到耗盡生命的力氣。

遠處有兩個巨大的傀儡走來，空洞的形骸，巨大的面具，搖擺著懸吊著的雙手，他們有異常怖懼的力量，好像掌握著所有生命的終結，蹣跚而來，旅人和他們相遇了，好像提前看了一眼自己的死亡。

攝影／劉振祥

【無常的命運】

「司命」裡有兩個造型詭異的傀儡，他們的身體是用竹筒支架起來的一個中空的體腔，兩隻手長長地懸吊著，下面由一個舞者鑽在裡面，舞者一動作，傀儡的身體就搖搖擺擺地行走起來，兩隻手也前後左右晃動。

傀儡的上面支撐著巨大的頭，用紅布包著，看不見五官，一些草繩纏繞成飛張的線條。

許多人在台灣民間城隍爺一類的廟會慶典裡看過類似的傀儡，扮演「七爺」、「八爺」，或是「白無常」、「黑無常」。

「無常」是受佛教影響的用語，原來意指一切人間事物的不穩定性，沒有常態，不斷輪轉。民間逐漸把「無常」專指死亡，死亡是生命面對的最大的「無常」。

民間的城隍信仰本來就是陰司的審判，由一白一黑兩位「無常」來掌管死亡後的判決，更有勾人魂魄的意思。有趣的是，民間雖然恐懼死亡的無常，卻又用非常親近的「七爺」、「八爺」來稱呼，彷彿「死亡」不過就是鄰居親戚，總要見一見面。

這兩尊巨大的傀儡從台灣民間廟會的無常造型得來靈感，連結到「司命」的死神意象，在舞台上達到很特殊的效果。

林俊宏（左）、曹桂興　攝影／劉振祥

湘君與湘夫人——無盡等待的愛情

雲門的『九歌』省略了「河伯」，把「湘君」與「湘夫人」合而為一，三個原來與河流有關的神話，都納進同一段以「湘夫人」命名的舞蹈中。

在卑南族女聲獨唱的悠揚歌聲中，「湘夫人」戴著面具，站在竹竿上，由四名舞者扛抬，緩緩出場。『雲門．九歌』中的「神」總是高高在上，踩踏在「人」的身上。

「湘夫人」身上披戴著非常長的一條布匹，遠遠拖在身後，隨著她的移動，長長的布匹迴旋、纏繞，像一條流在平原上漫漫無際的河流，使人想起古人詩詞中用「練」這個字形容河流的迂迴潺湲。

「湘君」與「湘夫人」都是河流兼具愛情的神，祂們的愛情似乎已經失去了原始諸神信仰的暴烈性，轉而變成一種無休無止的等待、盼望、疑慮與牽掛。

河水有一種緩和，有一種迴旋，有一種潮汐周而復始的等待與纏綿，河流居民的愛情似乎的確另有一種細緻溫柔。「我住長江頭，君住長江尾，日日思君不見君，共飲長江水。」古典詩詞民歌裡充滿河流居民的情感，他們的愛變得和河流一樣潺湲、迂迴、環繞……

「湘夫人」有幾名侍女，使人想起希臘神話森林中的仙女，介於神與人之間，她們飛舞蹁躚，陪伴在女神四周，她們衣帶翻飛，使「湘夫人」漫長空寂的等待裡，多了一點活潑的點綴。

諸神是巫扮演的，紅色的女巫闖進神話的領域，奪走「湘夫人」臉上的面具，扮演起「湘夫人」的自怨自艾，扮演起「湘夫人」的顧影自憐，林懷民的「湘夫人」似乎想瓦解兩千年來綑縛在「湘夫人」身上自憐自傷的符咒。但是，「湘夫人」驚慌失措，她似乎已經失去了以真實面貌面對自己的能力，她需要一張面具，把自己好好偽裝起來，偽裝成女神，活在那個潔淨自負又孤獨的世界之中。

拿掉面具之後，「湘夫人」的臉上其實還覆蓋著一重臉譜，她似乎註定要做一個不快樂的女人，但似乎也因為這不快樂的感傷，使兩千年來中國男性幻想著可以愛得到她。

「湘夫人」後半的歌舞源自中爪哇的宮廷音樂，甘美朗的小鑼小鼓敲擊出叮咚咚的碎音，「湘夫人」搖擺身軀，拉長飄帶，動作在雍容端雅中又略有女性的嫵媚。中爪哇的舞蹈不同於泰國，沒有太多瑣碎細節，正適合「湘夫人」矜持自戀的顧盼之姿。

周章佞　攝影／劉振祥

【湘夫人】

「湘夫人」是〈九歌〉篇章中最美的一篇。

人類似乎在河流的邊緣定居了，飲用河中甘甜的水，食用河中豐美的魚、蝦、蟹、蛤，在河邊濕潤的泥土中種植稻穀、百蔬。

河流之神是人類最初的定居之神，緩和而悠閒，逐漸從劇烈殘酷的狩獵進入有節奏有時序的農耕生活。

一條漫漫長河，不疾不徐流蕩在大地之上，成為人類文明重要的記憶。

人們開始幻想，這條河流是有神的，否則怎麼會有如此長久而豐沛的生命力？

人們開始用美麗的歌聲讚嘆河流之神，用優雅的舞蹈祈求神靈的降臨。

「湘夫人」是兩千年前楚地的河流之神，祂一直等待著自己的愛人，有人說祂就是「湘君」的配偶，祂們是一對河流的配偶之神。

但是，在〈九歌〉裡，不知道為什麼，似乎祂們都永遠等待不到對方，祂們在思念、眷戀、渴望，但是，對方永遠不來。祂們惋嘆悵惘，好像是一條長河的上游與下游的對話，那對話從上游傳達到下游要好久好久，歌聲、語言都被河面上的風吹散，變成一聲不容易聽到的嘆息。

這是「湘夫人」，一個河流之神變成永遠在愛情憂傷中的女神。

王薔媚　攝影／李銘訓

【嫋嫋兮秋風】

中國傳統文人受儒家的影響，沒有太多表現浪漫愛情的機會。幸好有《楚辭·九歌》「湘夫人」一篇，保留了中國文人幻想美麗女性的機會。

帝子降兮北渚，目眇眇兮愁予。
嫋嫋兮秋風，洞庭波兮木葉下。

很多傳統中國畫家畫過這個畫面，滿天的落葉飄飛，秋天的水邊，一位憂愁的女子遙望凝視，站立在水畔沙洲上。

這是「湘夫人」，從楚地河流之神幻化成的愛情女神，祂像希臘神話的維納斯，把美與愛結合在自己身上。但是，維納斯是春天的明亮，「湘夫人」卻特別有秋天的感傷與憂愁，中國文人的愛情幻想也常常與憂傷、落葉、秋風連結在一起。

這是在秋天淡淡的河上薄霧中舞蹈的「湘夫人」，祂的愛情是永遠的等待，甚至變成面對河水中自己的顧影自憐。「湘夫人」其實更像希臘神話在水邊愛上自己倒影的水仙花神「納西瑟斯」。

楊美蓉　攝影／劉振祥

【旅程與偶遇】

「湘夫人」凝視的其實只是自己的面具。

旅途中提著皮箱的男子又出現了，我們不知道，他是從旅途中回來，還是正要出走。

提著皮箱的男子和「湘夫人」擦肩而過。「湘夫人」其實沒有發現這個男子，似乎也不關心他是回來還是正要出走。

「湘夫人」沉溺在自己愛情的幻想中，她沒有能力回到現實，好像她幻夢的激情足夠她一直回味，反覆陶醉，她像一個完全自閉在自己感情世界的女子，走不出那蝸殼一樣的天地。

中國兩千年來傳統的文人戀愛「湘夫人」，似乎也只是停留在幻想，未曾真正落在現實。

也許提著皮箱的男子是另一種意義的出走，從幻夢出走，從古老的文化出走，從封閉的心靈出走，旅途中一定會有新的偶遇。

【女巫與女神】

「湘夫人」一直戴著面具，她在水邊顧影自憐，在秋風落葉裡感嘆身世，把身上的飾件衣物都放在水中，似乎寄望這些身上的配飾可以隨水流去天涯，告知自己愛人日夜的思念與盼望。

「湘夫人」很像一直停留在少女夢幻戀愛中的執著。

然而貫穿『雲門．九歌』全場的紅衣女巫出現了，她大膽脫去了「湘夫人」的面具。

觀眾都很好奇，「湘夫人」面具下的臉是一張什麼樣的臉？

長髮垂在腰後，「湘夫人」瘦削單薄，但是她的臉掩蓋在厚厚的白粉塗飾下，還是一張個性不鮮明的臉。

女巫戴起了「湘夫人」的面具，模仿「湘夫人」的動作，好像刻意使「湘夫人」有機會旁觀一次自己的形容，反省一次自己的樣貌。

王國維認為中國的戲劇起源於上古祭典儀式中的「巫」，巫因為戴起了面具，可以轉換角色，可以誇張肢體動作，也可以模擬另一個人物角色的表情或聲音。

紅衣女巫是血肉的獻祭，她似乎要從絕望的愛情中把「湘夫人」救贖出來，替「湘夫人」戴起了面具。

李靜君（前）、王薔媚　攝影／李銘訓

雲中君──流浪的少年之神

『雲門．九歌』重新詮釋了每一位神祇的性格，林懷民並不想侷限在舊的神話框架中，他試圖給予諸神全新的定位。

神話，特別是有生命力的神話，總是可以在不同時代不斷被重新解讀，賦予現代的內涵。

「雲中君」三個字很美，相信給了林懷民很好的意象靈感。

「雲中君」──遊玩遨翔於流雲之間的男子。

林懷民試圖打破人的肢體限制，在舞蹈中使「諸神」飛翔起來。

他的意圖在「雲中君」裡得到了成功。

「雲中君」踩踏在兩個高大的舞者之上，他的腳從開始到結束都沒有觸碰到地板，他飛揚流動，像玩耍嬉弄在雲端的少年，創造出青年之神驚人的華美、自由、意氣風發的飛揚之美。

「雲中君」是『九歌』舞劇中最受人驚嘆的一段，林懷民使「雲中君」徹底復活了，屈原讚頌的「雲中君」在兩千年後終於在舞台上出現。

「雲中君」的配樂是保留在日本的「雅樂」。「雅樂」是盛唐之音，唐初以十三部胡樂定為「雅樂」，大概包含了今日新疆至中亞一帶，當時的龜茲、回紇、吐蕃和高昌一帶的音樂。

「雅樂」以箏簫、龍笛、羯鼓為主要樂器，旋律單純，卻有一種陽剛大氣，不斷延續的高亢之音保持著儀式性的莊嚴。

「雲中君」幾乎全身赤裸，戴著面具，他腳下踩踏的兩名舞者則是現代西裝裝扮，「雲中君」從遠古流浪到了現代。

大部分觀眾在看『雲門．九歌』時，都對「雲中君」的俊美華麗留下深刻的印象。但是，以舞蹈而言，高高在上的「雲中君」與下面兩名舞者的關係是不可分割的整體。

我們看到「雲中君」的自在、飛揚、從容，然而下面兩名舞者必須分分秒秒注意配合，伸出手承接「雲中君」的腳，移動肩膀，托住「雲中君」的身體，穩住背，迎接「雲中君」滾動過來的踩踏壓力。

「雲中君」俊美非凡，他的俊美崇高卻是建立在下面穩如磐石、又不斷敏捷轉換動作的兩名舞者身上。

台下的觀眾驚嘆之餘，也覺得膽戰心驚，因為稍不留神，美麗的「雲中君」就可能從雲端失足摔下。

「雲中君」的三人舞包含了類似東方特技與西方馬戲的高難度肢體表演，但真正的難度在三名舞者之間天衣無縫的配合。

搭配在「雲中君」的舞動中，有一名手持大旗的現代少年，穿運動短褲，腳踏直排輪鞋，數度與「雲中君」交錯，擦肩而過。

或許，他才是真正的「雲中君」？

林懷民並不想回到兩千年前的「雲中君」，那個古老在雲端飛翔的速度之神；今天可能會在城市街頭出現的狂野少年，腳踩直排輪鞋，或踩著滑板，追求身體解放，追求速度的快感，飛翔騰躍，引起路人驚嘆歡呼，他們不就是現代版的「雲中君」嗎？

『雲門．九歌』一直有強烈地與現代結合的意圖，林懷民極力要在現代人的生活中復活諸神，現代人的性與慾望，現代人的愛與憂傷，現代人的速度與自由，現代人死亡的懼怖，現代人犧牲的悲愴……這些〈九歌〉的古老元素，其實正是現代人同樣的生命題。

「雲中君」是流浪，是出走，是飛揚起來的自由，是速度無拘限的快樂，是古代的神，也是今天跳街舞、Hip-Hop，玩滑板，或在嗑藥世界迷幻飛翔的青少年。

林懷民創造了全新的「雲中君」，青春、自由、解放的「雲中君」。

由舞者吳義芳、汪志浩和宋超群等三人組織結構成的「雲中君」鐵三角，也成為世界各個舞台上贏得最多掌聲的片段，留在許多觀眾的記憶裡，成為最鮮明的『九歌』圖像。

（左起）汪志浩、林俊宏、吳義芳、宋超群　攝影／劉振祥

【雲的君王】

「雲中君」是『雲門．九歌』中最成功的片段。

「雲中君」是天上飄飛的雲，是一種速度，一種稍縱即逝的光，是肆無忌憚的青春之美。

「雲中君」的領域正是天空，有這麼大的天空讓他遨遊，來去自如。

「雲中君」的侍從是穿白襯衫、黑色西裝的現代人，他們就像今天任何一個城市朝九晚五的上班族，他們承載著自由飛翔的夢想，但是，他們是不自由的。

他們有時用肩膀，有時用背，有時用臀部，有時用手緊緊抓住「雲中君」的腳，使「雲中君」可以自由飛翔奔馳。

「雲中君」一段有現代玩直排輪鞋的青年，穿著短褲，赤裸著上身，手上飛舞著一面像雲一樣飄飛的大旗。

直排輪鞋的少年也是旅人，偶然闖進了神的世界。他或許就是「雲中君」，兩千年後，踩著直排輪鞋或滑板，飛馳在現代都市之中，追求自由、速度與青春之美。

（左起）汪志浩、吳義芳、林俊宏、宋超群　攝影／游輝弘

【解脫地心引力】

龍駕兮帝服，聊翱遊兮周章。

「雲中君」是雲的帝王，祂翱翔於無邊無際的天空，征服祂的帝國。

雲門的「雲中君」創造了一種特殊的肢體語言。舞者吳義芳、宋超群、汪志浩，構成不可分割的一個整體。

吳義芳是「雲中君」，他把肢體釋放到最極限的自由。因為不是踩踏在地上，一般舞蹈裡身體與地心引力的關係改變了，吳義芳在兩名侍從的身上、背上、腰際、臂部，或雙手中盡情施展他的力與美。

人的雙腳通常不知不覺會與地心引力形成一種慣性，踩踏在地面上的雙腳也一定牽動全身肌肉的發展。一旦雙腳離開了地面，如同人的肢體在水中游泳，肌肉的發展與動作都可能改變。

一般人不太有機會理解失去地心引力狀態時的身體的可能。

有時看到在外太空行走的太空人的影片，約略使人們想像在無重力狀態下身體行走的樣子。

古代傳說中的「騰雲駕霧」是一種身體無重力的想像，傳統戲劇中的「跑圓場」、「鬼步」都有一點想從肢體上表現無重力的感覺。

「雲中君」使舞者自始至終雙腳失去踩踏的功能，改變成為下方兩名舞者用手抓住，因此，可以感覺到吳義芳的身體似乎是在有彈性的空間中行走，他的雙腳被固定，雙手與上身就像風中的大樹，根幹穩固，而枝葉可以大幅度搖擺。

吳義芳的身體施展出在輕重拿捏中極美的力度，腿部的肌肉收放自如，真正做到「雲」的自由與流動。

「雲中君」是肢體語言史上的一次經典實驗。

山鬼——山林的孤獨精靈

「山鬼」一直是〈九歌〉諸神中角色最曖昧的一段。

「山鬼」是山林中的魂魄，是隱密在山凹角落裡的精靈鬼魅。

「山鬼」有一種妖嬌，有一種羞赧，有一種神秘與陰森，祂可以是男性，也可以是女性，或者祂其實是沒有性別的魑魅，或者祂可能是雌雄同體自我存在的魍魅。

『雲門．九歌』在舞台上的「山鬼」是男性舞者，像一名初發育的少年，初初發育，所以性別不明顯。巨大的舞台，空寂的時間，彷彿一切靜止，有類似「人」的生命存在，孤獨來去！

林懷民擺脫了「山鬼」傳統以來「乘赤豹」、「被石蘭」、「帶杜衡」，一身花花草草的造型。

雲門的「山鬼」更像一種陰森的氣味，在大片幽微的綠光之中，「山鬼」異常孤獨，他若隱若現，縱跳閃躲在暗影中，「若有人兮山之阿」，「山鬼」其實是一種不確定的存在。

「山鬼」是瀰漫在山林谷地中一種不見天日的陰森的氣味，好像潮濕泥土的氣味，腐爛樹葉重疊的氣味，雨水在岩石青苔中滲透的氣味，新生的苗芽在幽微陽光裡清新的氣味，地老天荒的氣味。

雲門的「山鬼」蒼白沒有血色，粉白的臉上只有嘴唇烏黑，常常張著大口，好像在吶

喊嘶吼，卻沒有聲音。胸口薄薄的一片綠，好像青苔蔓延在腋下、胯下，苔痕使「山鬼」不像動物，卻更像一種植物。

「山鬼」是無聲無息的林木間青苔的蔓延。

「山鬼」使人想起尼金斯基編作的『牧神午后』，但是希臘「牧神」有性慾，有陽光，有渴望的熱度。「山鬼」很冷，很潮濕，彷彿是陰涼的月光下一聲一聲幽靜的嘆息。

「山鬼」沒有盼望，沒有任何一點熱烈的期待，他徹底孤獨，他只

山林中不見天日的幽黯處，是「山鬼」的棲息之地？（攝影／楊雅棠）

有獨白，沒有對話。

「山鬼」也是林懷民重新創造的〈九歌〉諸神成功的一例。「雲中君」是明亮飛揚之美，「山鬼」則是鬱暗孤獨之神。「雲中君」是不斷向外擴張的肢體，是誇大飛揚的動作，肢體要佔有更大的空間；「山鬼」剛好相反，「山鬼」是不斷向內蜷縮的自己，是退避到他人無法看見的幽暗處的自己，「山鬼」成為巨大舞台空間裡最孤獨的存在，被巨大的空間吞噬，逐漸縮小，逐漸消逝。

「山鬼」的肢體動作吸收了日本舞踏與歐洲傳統默劇的精神。塗白了臉的舞者，常常張著大口，彷彿無言瘖啞的嘶喊，努力嘶喊，叫著荒涼、寂寞、沮喪，但是卻一點聲音也沒有。

音樂是印度古老蘆笛低沉的聲音，如泣如訴。

『雲門．九歌』中的「雲中君」與「山鬼」，是值得一起對比的兩種肢體語言。如果「雲中君」是不斷向外擴大、飛揚、延展的肢體，「山鬼」恰好是向內蜷縮、糾纏、隱藏與逃避的肢體語言，放棄了向外的一切追求，只有內在那個幽暗的世界使自己迷戀。其實，「雲中君」的身體使人想到西方，想到希臘，肢體的張揚得意是芭蕾的形式；「山鬼」就有更多東方元素，日本的、印度的、東南亞的一種輕與柔軟，一種似乎不佔空間的存在。

《楚辭》的「山鬼」有「既含睇兮又宜笑」的妖媚式的美與誘惑，林懷民似乎去除了「山鬼」的嫵媚，祂顯得更荒涼冷酷。

【山林的魂魄】

「山鬼」是〈九歌〉中比較奇特的一章。

「東君」、「雲中君」、「湘君」都有帝王的尊貴，是高高在上的神。

「山鬼」不是神，祂是「鬼」。

或者，「神」與「鬼」都只是初民幻想的一種神秘的力量，只是「神」比較明亮正面，「鬼」比較陰森晦暗。

「山鬼」隱閉在山林最幽暗處，祂又像是一聲悠長的嘆息，在每一個月圓的夜晚，尋找著自己的影子，有惶惶然的哀傷。

「山鬼」也像山林深處泉水邊慢慢滋長的一片苔痕，青苔蔓延到「山鬼」的胸口，一片慘傷的綠，好像拂拭不去的憂愁的心事。

在《楚辭．九歌》中，「山鬼」有許多陪侍的動物、植物，例如「被薜荔兮帶女羅」，祂的身上纏繞攀爬著藤蔓類的薜荔和女蘿，像是祂的紋身。祂又騎著「赤豹」（紅色的豹子），旁邊跟從著「文狸」（有花紋皮毛的狐狸）。

「被石蘭兮帶杜衡」，「山鬼」也佩戴著香味濃郁的石蘭與杜衡。

因此，〈九歌〉中的「山鬼」混合著幽暗的陰森與奇異的華麗，妖媚異常，也使自古以來許多人把「山鬼」畫成女性。

『雲門．九歌』裡的「山鬼」是赤裸的少年，還沒有發育完全的身體的確有一點非男非女、亦男亦女的中性感覺。

「山鬼」不像動物，或許更像一種植物。

『雲門．九歌』的舞台變得空曠而寂寞，彷彿是無邊無際的回聲，環繞著「山鬼」的身體。他飄浮起來，像每一個秋天無聲墜落的枯葉，隨風帶到四處，重疊在另一個歲月的落葉上，一起變成死不去的氣味，山林魂魄的氣味。

吳義芳　攝影／劉振祥

國殤——壯士？或迷途的魂魄？

「國殤」自古以來是被主流文化接受得最徹底的〈九歌〉諸神之一。

「殤」可以解釋為早夭的生命，男子未滿二十、女子早於十五歲的死亡，都可以叫做「殤」。

「殤」其實讓我想到基督教傳統中拉丁文的一個專有名詞「Pietà」，專門指歷史上聖母瑪利亞俯看懷中死去的耶穌時的「悲慟」。因此，雖然耶穌逝世時已過了「殤」的年齡，由於是母親哀悼兒子，許多人也把這一主題的雕像或畫作譯為「聖殤」。

「殤」因此是年長者對年輕於自己的生命逝去的悲傷吧！

〈九歌〉的「國殤」如果原來是神話祭祀的一章，其中祭祀的對象應該是死於戰爭中的亡魂，從文字來看，「車錯轂」、「短兵接」、「左驂殪」、「右刃傷」，的確是在描寫慘烈的戰爭中人仰馬翻、徒手肉搏的景象。

但是，「國殤」祭祀的究竟是誰？

做為神話，「國殤」的主神是「戰爭」本身，或是棄置原野、迷途不返的亡魂？

「國殤」和〈九歌〉其它篇章有了非常不同的解讀角度。〈九歌〉的諸神，「東君」、「雲中君」、「大司命」、「少司命」、「湘君」、「湘夫人」、「河伯」、「山鬼」都沒有歷史的背景，純粹是神話，諸神也都是自然界永恆存在的象徵，是太陽、雲、河

以「聖殤」為題的西洋藝術作品很多，最著名的當屬現藏於聖彼得大教堂米開朗基羅石雕。（達志影像提供）

流、山林，或死亡與愛情。

兩千年來，「國殤」卻被歷史現實框架住了。大家都熟知屈原「忠君愛國」的故事，儒家其實並不喜歡屈原，班固的《漢書》就指他「露己揚才」，但是屈原的「忠君愛國」可以利用，這個故事就被儒家主流文化大加渲染，影響到民間的端午節包粽子、划龍船等等習俗。

「國殤」是最能夠從神話中被拉出來定位在屈原歷史背景的一段。

屈原故事的重要歷史背景是楚與秦的交戰，楚懷王是屈原「忠君愛國」的對象，他所有的文學傑作莫不與懷王有關。他在詩中稱呼懷王為「美人」，他以最激情的戀慕表達對懷王的愛，那種愛自古以來就使許多學者懷疑，因為太不像「忠君愛國」的愛，卻似乎更像兩個少年貴族曾經有過的浪漫愛情記憶。

但是，儒家主流文化一定要確定這種愛只能是倫理上的「忠君愛國」。

懷王曾經寵愛過屈原，在屈原的詩裡那種寵愛刻骨銘心，變成他反覆重複的創作動機。不過後來懷王與屈原逐漸疏遠，史書上強調原因是屈原力主聯齊抗秦，懷王卻聽從了另一派的主張決定聯秦。

懷王的下場是不斷被秦詐騙，幾次戰爭都一再失利。楚懷王十七年，與秦大戰於丹陽，楚國大敗，軍士被斬首八萬人；楚懷王二十八年，秦再次聯合四國攻打楚國，楚大將唐昧被殺；第二年，秦再攻楚，殺楚國大將景缺，士兵也被斬首兩萬人；楚懷王三十年，秦攻陷楚國八個城市，楚懷王被騙到秦國，身死異域……

原本稱霸南方的楚國，就在楚懷王執政時期崩潰瓦解，失去大片國土，軍士人民死傷無數。

屈原是親身經歷自己國家這一走向末路命運的歷史的，他走過的原野是屍橫遍野的原野，他走過的城市是殘破的廢墟，他意圖奮起振作，但事實上他只有無奈的喟嘆流淚。他自己也像一個迷途的亡魂，在國破家亡之際，帶著昔日輝煌美麗的繁榮記憶，最終走向汨羅江邊，以死亡結束一生。

一連串死傷無數的慘烈戰爭，使歷代註解〈九歌〉的學者為「國殤」找到了歷史依據。

「國殤」因此越來越遠離「神話」而發展成「史詩」。

「史詩」與「神話」不同，「史詩」是有歷史現實的關心的，「神話」卻不應該有現實的牽連，神話應該超越於現實之上，才能成為永恆象徵。

林懷民編作『九歌』，對「東皇太一」、「湘夫人」、「雲中君」、「大司命」的處理都能超離歷史，以自然永恆的觀點擴大〈九歌〉的神話象徵意涵。

「國殤」一段卻是『雲門．九歌』中最貼近現實的一段。

舞台上的舞者彷彿雙手被銬，雙腳似乎拖戴腳鐐，頭上罩著圓形竹簍狀的枷鎖。這樣的畫面使人覺得他們是刑場囚犯，而不是「國殤」描寫的戰士，是在不可知的目的下，頭顱與軀體分離的迷途亡魂。

我總覺得「國殤」中有一種深沉的悲哀，是對非理性的戰爭中人被蹂躪踐踏的浩嘆。浩

嘆，但是，沒有辦法。因為神話是所有人性自身的預言，我們知道愛情糾纏，但是忍不住要愛，所以有「湘君」、「湘夫人」；我們知道死亡可怕，但是一分一秒在走近死亡，因此有「大司命」、「少司命」。

我相信「國殤」做為一種諸神祭祀的原型，應該更早於屈原，更早於秦與楚的戰爭。因此，「國殤」不應該只定位在楚懷王時代的戰爭，屈原或許只是根據原有的戰爭輓歌原型來修飾，那些歌詠的對象應該不是楚懷王年代「忠君愛國」的將士，祂們事實上是亙古以來飄忽在荒原上無家可歸迷路的戰爭亡魂罷。

「忠君愛國」的儒家主流可能成為兩千年來解讀「國殤」致命的符咒，林懷民編作『九歌』時，也可能受制於這符咒嗎？

「國殤」的舞劇中有大段的語言旁白，以國語和台灣閩南語唸誦一連串歷史人物的名字，如岳飛、文天祥、史可法、林覺民、秋瑾、陸皓東、莫那魯道、賴

和、陳澄波等等……從歷史上抗元的、抗清的、肇建民國的，一直到台灣史上對抗日本統治或兩蔣統治的人物，他們的名字，長期以來，正是主流文化不斷在教科書中強化的「烈士」。

我們也許都逃脫不了這些「烈士」的符咒。舞台上有白衣白袍執劍而舞的壯士，使人想起風蕭蕭兮的荊軻，那是司馬遷《史

畢卡索立體派傑作「格爾尼卡」，描繪的是西班牙內戰中因戰亂而犧牲的男女老幼，乃至各種生靈。（達志影像提供）

記》〈遊俠列傳〉、〈刺客列傳〉中的悲劇英雄，他們是〈九歌〉「國殤」的原型嗎？在意氣風發、熱情洋溢的少年時代，一封林覺民的「與妻訣別書」曾經改變影響了一整代人的思維模式，「助天下人愛其所愛」；秋瑾的「一腔熱血勸珍重，灑去猶能化碧濤」，使多少熱血青年前仆後繼，壯烈步向酷刑與死亡。

林懷民迷戀的或許是這樣的「國殤」吧！

迷戀必然會是一種符咒，可能使我們看不到主流文化之外，「國殤」做為神話存在的另一種深沉嘆息的聲音。

「國殤」在雲門的舞台上成為壯烈的烈士，他們對抗著什麼，前仆後繼，他們彷彿巨大的行列，行走在歷史孤絕的路上，用單薄的肉體對抗著強烈的政治壓迫。

許多騎著自行車的青年在舞台上竄逃，有人倒下，有人站起來，前仆後繼，迎向那怪獸一樣的紅光，試圖用一隻手，阻止怪獸的壓迫。

配樂的鼓點像槍聲，噠噠噠噠，許多身體應聲而倒，林懷民的「國殤」是一切在政治壓迫下犧牲的「烈士」。

畫面太鮮明，歷史的記憶太鮮明，政治的圖像太鮮明，往往就無法游離於神話的曖昧空間，也往往無法悠遊於神話既真實又抽離的自由領域。

我期待看到的「國殤」，可能更是一些飄忽在暗黑空間裡不可辨認的殘斷軀體，像畢卡索在一九三七年創作的「格爾尼卡」（Guernica）。炸開的燈炮，緊握刀柄的斷掉的手，

張口嘶叫的一顆斷裂的頭顱，抱著孩子哭泣的母親……畢卡索以西班牙內戰格爾尼卡的歷史事件出發，卻達到了神話原型的超越現實的救贖。

神話的觀察者是不是要有更大的冷酷，才能透徹地看到歷史真相？更大的冷酷在神話領域會不會反而是更大的悲憫？

「首身離兮心不懲」、「出不入兮往不返」，頭與身體分離了，魂魄回不了家，「國殤」裡的浩嘆是浩嘆著人類戰爭裡亙古解脫不了的原罪，所以如此冷酷，卻又如此悲憫。

從自行車上倒下的青年，在槍聲中倒下的青年，被衝進來的紅衣女巫抱住了，林懷民回到了神話的原型，女巫是救贖，是母親，她懷抱承擔一切遭受苦難的身體，完成「聖殤」。

【俠士與烈士】

「國殤」是「首身離兮心不懲」的魂魄，他們的頭和身體分開了，卻仍然活著，好像有一種不甘心。「國殤」像在荒原上許多殘斷的頭、手、軀幹、四肢，或者一個不甘心的眼神。

自古以來，「國殤」被解讀成「忠君愛國」的典範，一旦「忠君愛國」，常常不由自主成為戰爭的共犯。

「俠以武犯禁」，司馬遷《史記》裡的「俠」其實是顛覆統治者的叛逆力量，他們從政權中出走，走向江湖。「江湖」正是「廟堂」的對立面，他們傲嘯「江湖」，對統治者有一種不屑，他們是主流文化永遠的出走者，他們揮劍而起，卻不是為任何統治者效力。

「忠君愛國」的主流文化往往巧妙地利用了所有走向死亡的烈士們的牌位，建造成一座一座的神社、忠烈祠，或無名英雄紀念碑。

《楚辭》的「國殤」不是神社，不是忠烈祠，也不是無名英雄紀念碑。

「國殤」裡描寫「車錯轂」、「短兵接」、「左驂殪」、「右刃傷」，是天昏地暗的戰爭的殘酷，慘絕人寰的人仰馬翻，沒有邏輯的死亡遊戲，沒有任何道理可言的荒謬的人與人的殘殺。

如果有一個戰爭之神，這個神是多麼該受詛咒的神，但初民沒有詛咒神的能力，他們只好回來敘述自己的徬徨與茫然。

像馬奎斯在《百年孤寂》那場政治屠殺中一直流回家的一道鮮血，走了很遠的路，一到門口，母親看到血就哭了。

王維銘與雲門團員　攝影／劉振祥

【正義，還是荒謬】

當人體正面列隊而來的時候會有一種巨大的壓力，列隊向前逼視觀眾的人體要對我們逼問什麼嗎？

「國殤」若是為正義死去的年輕生命，應該有永世不朽的神社、忠烈祠與無名英雄紀念碑。

荒謬的是，所有的神社、忠烈祠、無名英雄紀念碑都成為現實中掌握政權者的藉口，護衛政權的藉口，或發動戰爭的藉口。

「國殤」若是初民在慘痛的身體被屠戮的痛苦中對神的呼叫，他們的聲音會是什麼樣的聲音？

是正義的聲音？還是荒謬的聲音？

「正義」往往引導出「漢賊不兩立」的結論，然而，「荒謬」沒有人敢提出。那些頭與身體分開的生命，那些看著自己四肢的頭，那些回不了家的雙腳與鮮血，戰爭裡「荒謬」會不會是更大的控訴，使統治者找不到藉口，使統治者建造神社、忠烈祠、英雄紀念碑的偽善被徹底拆穿。

廣島原子彈犧牲者的紀念碑很荒謬，南京大屠殺的紀念碑很荒謬，猶太人集中營的紀念碑很荒謬，他們都是「國殤」，他們的荒謬是慘痛到絕望處失聲的慘笑之聲吧！

攝影／劉振祥

李靜君、林俊宏　攝影／游輝弘

【國殤與聖殤】

西方基督教中有一個非常重要的符號叫「聖殤」，特別指基督耶穌被釘十字架後，屍體從刑具上卸下，聖母瑪利亞懷抱屍體大哭出聲的悲慟。

「聖殤」因此成為西方母親哀悼孩子死亡的重要符號，不斷出現在西洋畫家的畫中或雕塑裡，米開朗基羅一生便創作過四件不同形式的「聖殤」。

畢卡索一九三七年的「格爾尼卡」描述西班牙內戰，也把「聖殤」轉為母親抱著幼兒痛哭的形象。

『雲門．九歌』中一群在槍聲中倒下的人體，其中一個被奔跑出來的紅衣女巫抱住，也使用了幾乎已經是世界性符號的「聖殤」，「聖殤」與「國殤」合為一體。

紅衣女巫是降神的引導者，她也是人類苦難的救贖者，在「國殤」中她的角色特別明顯，她成為母親，成為擔待與承載一切傷痛的大地之母。

還原到每一個母親哀悼自己孩子的原點，「國殤」似乎可以擺脫掉一些政治的符號，彷彿日本萬福寺的僧侶在二戰期間收埋所有中國人、台灣人、日本人、朝鮮人的屍骨，埋在一起，建了一座塔，上面刻著「怨親平等」。

禮魂——諸神、鬼魅、魂魄的共同饗宴

緊接在「國殤」的死亡之後，紅衣女巫出現，懷抱著倒下的年輕軀體，以地母式的撫慰，救贖與擔待人間一切哀傷。

如同序幕時鄒族「迎神曲」的合唱，「送神曲」的誦讚此時響起。神話的結束回到了原點。

紅衣女巫從『九歌』序幕開始出現，一直到結尾的「禮魂」，她是整齣『雲門．九歌』最主要的串連力量。

女巫在序幕開始時是性與生殖的女神，她祈求天上大神「東皇太一」或「東君」降臨，她渴求「神」進入她的身體，與她合而為一，完成巫與神的戀愛，也完成巫與神的交合，使神與人間有了對話與交通。

女巫在取得神的巨大生殖與創造力量之後，她如同一名「女性」取得了「母性」的身分，也就取得了如同大地一樣富裕寬容、承載所有苦痛災難的力量。

紅衣女巫是林懷民創造的一個舞台上具有救贖力量的符號，她鮮血一般豔紅的衣服，是鮮血的祭祀，是生靈的犧牲，但也是生命復活傳衍的訊號。

紅衣女巫的符號，很像西方基督教繪畫中的瑪德蓮娜（Madelaine）。她原是妓女，後來信奉耶穌，在耶穌釘死十字架時，她身穿紅袍站立十字架下，悲慟哭嚎，然而，耶穌死後三日，唯一親眼見證耶穌復活的人也正是瑪德蓮娜。

瑪德蓮娜穿著鮮紅衣袍在基督之死的現場出現，她也代表了西方神話中「罪」、「救贖」、「復活」的三重意象。

『雲門．九歌』最後的「禮魂」是紅衣女巫的救贖，所有瀰漫在天上地下的魂魄，愛與恨，生者與死者，都一一納入祭祀的巨大包容之中。

『雲門．九歌』為文學經典完成了舞台上不朽的畫面。

「禮魂」的尾聲，所有天上諸神、山林鬼魅魍魎、人間無主的魂魄，一齊受到了祝福與安慰。

舞台後方底幕完全拉開，在「國殤」中紛紛倒下的生命，重新來到人間，舞者雙手帶著一盞一盞小小的燭火、油燈，每一盞都那麼幽微，像天河裡不起眼的一點點微弱星光，但是光越聚越多，越聚越密，從搖曳著荷花的水邊一直蔓延到遠遠的天邊。舞台燈光亮起，觀眾席的燈光也一一亮起，無窮無盡的生命的燈火，無窮無盡的復活的燈火，無窮無盡的救贖的燈火，像一條漫漫無盡的長河，流向廣袤的大地，流向永不止息的時間。

一條神話的大河，閃耀著生命活過的記憶，閃耀著苦難後被安慰的記憶，閃耀著破滅失落後重新燃起希望的記憶，閃耀著憎恨殘殺後彼此再度擁抱相愛的記憶，閃耀著死亡之後重新獲得生命的喜悅的記憶，閃耀著致死的孤獨之後被溫暖與依靠的記憶……

「禮魂」是天上諸神、山川鬼魅與人間魂魄的共同饗宴。

《楚辭》「魂兮歸來」中的〈招魂〉，據說是屈原晚年的作品。有人認為是他自投汨羅江之前為自己「招魂」，有人認為是他為死去的楚懷王「招魂」。我還是相信「招魂」

只是楚地長久存在民間的習俗，因為不能承擔死亡的悲哀，因為不知道死去後魂魄何在，因此以長竹竿挑起死者的衣服，看著衣服在風中舞動，唱出悲愴動人的〈招魂〉。一直到戰國時代，把衣服改為亡者畫像幡，但仍保有衣袖形式，稱做「非衣」，畫中亡者乘龍船、載雲旗，駛向另一個魂魄所居的國度。

「禮魂」是這樣的民間習俗的延續，一直到佛教傳入，民間把「招魂」與「盂蘭盆會」結合，演變成東亞民間——包括台灣或日本——都還存在的放水燈活動，在鬼門大開的節日，與諸神諸鬼共享人間溫暖。

放水燈是東方古老「招魂」儀式的久遠記憶，有神話信仰的寬容，和西方宗教不同，並不只敬拜神，也同時包容了無主的亡魂、荒野的餓鬼。『雲門．九歌』在舞台上重現了民間放水燈儀式的動人畫面。

雲門的「禮魂」，在形式上神似民間放水燈的儀式，舞台上一片流成長河的燈光，或聚或散，『雲門．九歌』使每一位觀眾帶著神話時代的祝福，流向無限永恆的未來。

曾侯乙墓內棺壁板圖案，當與楚地招魂儀式有所關連。

攝影／劉振祥

【九歌的書法】

『雲門．九歌』在開場與結尾都有董陽孜書寫的〈九歌〉原文，像個長卷一般，以投影的方式，把飛舞如龍蛇的毛筆書法投射在舞台上，重疊著人的身體，重疊著一盞一盞的燈光，好像打開〈九歌〉的書卷，初民的歌聲變成了文人的詠嘆與懷念。

〈九歌〉在初民祭典的時代，儀式中大約只有語言的讚頌與歌聲的詠嘆，加上肢體的律動，其實不會用到文字。

初民神話的世界也大多只是詠唱的詩句，而沒有文字書寫。

以行草書法書寫〈九歌〉當然是以後文人的事，包括屈原在內，也可能是聽到了原始祭典的歌聲，便記錄成文字，加上自己的潤飾，流傳成文學的經典。

因此，舞台上的漢字書法以行草的頓挫進行，有美麗的音樂節奏，也如同透過兩千年文人的傳誦，去回溯初民的神話。

『雲門．九歌』重疊很多不同時代的記憶，初民的原始歌舞，神話，文人一代一代的註解，使『九歌』附加了很多枝節，而舞蹈本身卻又抽絲剝繭，回到神話的原點，釋放了初民在原始曠野中的幻想。

『雲門．九歌』的書法因此是一個引導，是序曲，也是尾聲。

攝影／謝安

【九歌的舞台】

『雲門．九歌』的舞台由美國著名的華裔設計師李名覺擔綱。

舞台前方的音樂池分成了兩部分，靠近舞台邊緣的一部分是荷花池，『九歌』舞蹈進行中，許多舞者會以荷花池的水點額頭，彷彿一種祝福；音樂池靠觀眾的一部分是現場的打擊樂隊，配合舞者演出有即興的伴奏。

舞台切割成一重一重向後的景框，景框上交疊著以荷花荷葉變形的圖案。

一輪巨大的月亮懸在空中，在不同場景中，這輪似乎從洪荒開始直到未來的月亮成為視覺上鮮明的意象。

因為是神話，古老宇宙的月亮符號好像在時間上帶到了遠古，如同屈原在〈天問〉中說的：「遂古之初，誰傳道之。」

〈九歌〉是初民神話，舞台回溯到人類時間的最初，〈九歌〉又介入了非常現代的意涵，太陽、河流、雲、森林、戰爭，可以是最古老的命題，同時也可以是最現代的命題。一輪圓圓的月亮，使時間超越了古與今的界線，如同唐代張若虛〈春江花月夜〉中的句子：「江畔何人初見月？江月何年初照人？」

『九歌』的舞台其實是一個以「時間」為主題的舞台，容納了遠古與未來。

【荷花——一個舞台的意象】

荷花是整個東方最古老、最長久、也最普遍的意象。

在印度教影響的區域，總是看到毗濕奴大神四隻手中有一隻手捻著荷花的蓓蕾。

荷花是生命的象徵，荷花是復活的象徵，荷花是美的象徵。

在柬埔寨吳哥窟的雕刻中，每一位美麗的女神（Apsara）都手持荷花，蹁躚舞蹈；也常常看到女神把一朵荷花蓓蕾放在肚臍的位置，代表生命從此開始。

在東南亞旅行，一路經過緬甸、泰國、柬埔寨、越南，荷花一束一束、一朵一朵，在傳統市集供人購買，買去供在神前或佛前。

荷花的信仰始終存在東方人的生活之中。

佛教的荷花信仰顯然是繼承了印度教的傳統，佛與菩薩坐在一朵大荷花的「蓮台」之上，已經是信徒們覺得理所當然的意象。

中國文人的荷花嚮往與佛教的傳入有密切關係，這樣一種植物也就帶著不同文化的元素入住了

峇里島荷花咖啡廳的蓮池　照片提供／雲門文獻室

中國宮廷的園林或文人的庭院。

詩人歌詠荷花，畫家畫荷花，荷花的各個部位成為民間最常見的料理的一部分，荷花是物質，也是一種美學。

『雲門．九歌』大量運用了荷花的意象，從舞台前方的荷花池布置，一直到整個舞台景框的設計，都從荷花演變而來。

印尼峇里島的烏布（Ubu）有一間有名的「荷花咖啡」，是餐廳，也是民宿，中央一方荷花池，消費的客人可以整日坐在荷花池畔看荷葉田田，一重一重的綠色在光影中搖曳，也可以看荷花的蓓蕾輕輕盈盈立在大片綠光之中，被初日黎明的光照亮，一點一點綻放。

荷花一直像是神話，從遠古時代被諸神寵愛過，一直到如今仍然是整個東方生活中最重要的美學信仰。

台灣的前輩畫家林玉山以膠彩畫畫過一幅「蓮池」，淡淡的金箔貼的底色中浮著綠色的荷葉、粉紅色的荷花，有白鷺鷥行走其間。

西方印象派畫家莫內一生畫的「睡蓮」並不是荷花，李名覺最初設計的舞台更接近莫內的「睡蓮」（Water Lilies），而不是東方世界的「荷花」（Lotus）。

從林玉山的畫作再出發，李名覺重新架構了『九歌』的舞台，是一大片一大片青藍色的荷葉，鋪天蓋地，中間透露著一點點淡淡的荷花。

『九歌』的東方諸神似乎在這裡找到了祂們迷失了很久的故鄉。

林玉山畫作「蓮池」 照片提供／雲門文獻室

『九歌』舞台 攝影／劉振祥

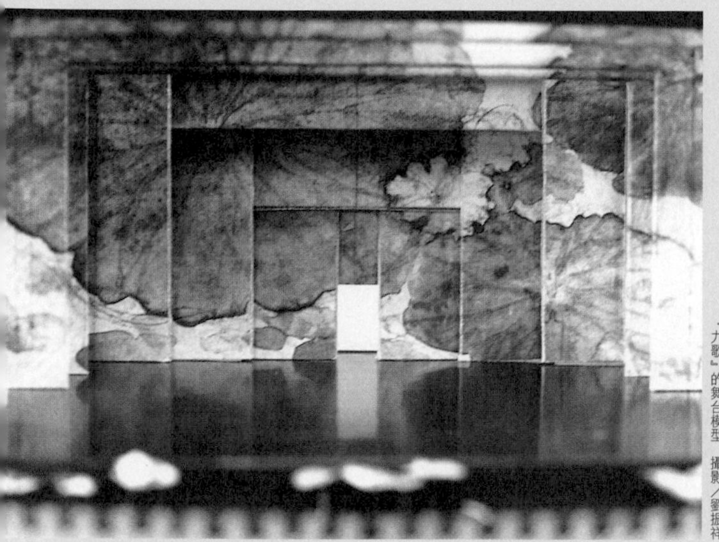

『九歌』的舞台模型　攝影／劉振祥

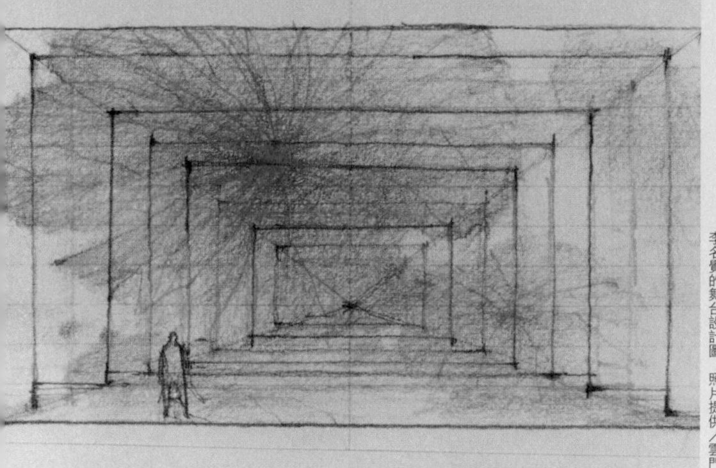

李名覺的舞台設計圖　照片提供／雲門文獻室

【面具】

〈九歌〉是初民神話，在原始的祭典儀式中，「巫」常常要戴著面具去扮演神，一旦有了面具，凡人就具備了神性，可扶乩傳諭，口中説出的也都是神的話語。

西方或東方都有面具的傳統，或者如同偶戲，在早期人類的祭典儀式中都不是為了表演，而是真正被賦予了「神性」的本質。

人類學在近代因此越來越重視「面具」的意義，在現存非洲、澳洲許多原住民的社區，原始祭典中仍然有各種形式的面具、畫臉、紋面刺青，都是不同方式的轉換角色身分，也是不同形式的「巫」的扮演。

中國大陸賀蘭山發現的史前岩畫是非常古老的圖像史料，看起來非常像面具形態的一些人臉的造型，也與近代仍然在非洲原始部落還存在的面具很相似。

『雲門．九歌』受到這些岩畫造型的影響，轉換成「東君」、「湘夫人」、「雲中君」的面具造型。

「東君」有臉部外圍輪廓向外飛張的線

照片提供／雲門文獻室

條，好像光芒，又像鬢髮髭張；「湘夫人」是鵝蛋臉，小小的眼睛，有一點羞怯；「雲中君」是方型的臉，頭上有角，耳邊垂著流蘇，很簡單的弧線變成眼睛與嘴巴。這些造型樸拙的面具給予『雲門．九歌』極現代的美感。

【九歌與現代相遇】

〈九歌〉是中國兩千年前流傳於楚地的民間神話，是祭神典禮中的讚辭與頌辭。

〈九歌〉又因為在兩千年間逐漸被尊奉為中國文學中的經典，它的文體演變成漢代的「賦」，在中國此後文人的文體美學上形成重要的影響，例如：唐代大詩人李白的詩歌美學，很重要的來源是《楚辭》，也很明顯有〈九歌〉初民神話的影子。

李白的〈蜀道難〉寫洪荒之前的宇宙茫昧，不僅文體斷句上像〈九歌〉，連精神內容也切近神話的源流。

由於儒家文化的不喜「怪、力、亂、神」，中國遠古神話大量流失。以今天東方與西方的文明來做比較，西方歐美文化中到處有神話的痕跡，一部希臘神話與一部希伯來的《舊約》，可以說架構起了西方文化的主體結構。一直到近現代，希臘神話在西方人的生活中仍扮演最重要的角色，甚至，在整個世界文化中，維納斯、阿波羅，似乎已經不再侷限在西方，祂們也從奧林帕斯山上周遊了全世界。

即使在日本、在台灣、在東方的任何一個角落，小學生、中學生，多多少少對維納斯都有形象上的印象。

維納斯不再只是遠古神話中一個希臘的女神，她以美術的造型、文學的詠嘆，她以戲劇的情節，不斷出現在現代人的生活中。

維納斯是神話，又是現代生活的一部分。

但是，「湘夫人」呢？

「湘夫人」或許只活在少數頂尖的國學學者的小小世界中。〈九歌〉諸神似乎只是古舊書頁中一段快要褪色的文字，談到不容易感覺到它的存在。

從三〇年代的學者開始，一直力圖把〈九歌〉從文學經典還原成一種戲劇形式，郭沫若、聞一多都做過努力。

『雲門．九歌』還原了初民神話，使〈九歌〉有了具體形象，雲門的舞台演出是一次巨大的貢獻。

或許在國外演出時，不同文化背景的人可以因此瞭解東方神話的故事，其中也有許多竟然可以與希臘神話相同：「東君」不就是太陽神阿波羅嗎？「湘夫人」如果不是愛神維納斯，也非常神似月亮女神戴安娜的憂寂與孤芳自賞；而「山鬼」不正是活躍在希臘山林中的許多仙女與精靈？

『雲門．九歌』把遠古的東方神話帶到了世界，與世界文化交流，『九歌』在許多西方城市的演出必然引起異文化的另一種騷動。

遠古神話其實是沒有種族界限的，〈九歌〉諸神似乎讓西方觀眾更覺得親切熟悉。

一九九五年『九歌』在紐約甘迺迪中心謝幕。（攝影／劉振祥）

朗讀九歌

章句旁標示的注音，是一種鼓勵，把它朗讀出來吧！感受心靈南方的歌聲！
此國語音讀為現代讀法，與古韻自不相同。

東皇太一

吉日兮辰良
穆將愉兮上皇
撫長劍兮玉珥
璆鏘鳴兮琳琅
瑤席兮玉瑱
盍將把兮瓊芳
蕙肴蒸兮蘭藉
奠桂酒兮椒漿
揚枹兮拊鼓
疏緩節兮安歌
陳竽瑟兮浩倡

譯

美好吉祥的日子
恭敬宴娛上皇
佩帶玉飾長劍
美玉閃耀叮咚
玉石壓鎮草蓆
四周束束鮮花
蕙草裹肴襯蘭葉
獻祭桂花椒香酒
揚起鼓槌擊打
緩緩鼓點帶出歌聲
竽瑟齊奏人聲合唱

靈偃蹇兮姣服
芳菲菲兮滿堂
五音紛兮繁會
君欣欣兮樂康

∞

雲中君

浴蘭湯兮沐芳
華采衣兮若英
靈連蜷兮既留
爛昭昭兮未央
謇將憺兮壽宮
與日月兮齊光
龍駕兮帝服
聊翺遊兮周章

巫靈華服鮮艷手舞足蹈
滿堂氣味濃郁芬芳
五音合奏繁複繽紛
神明歡欣歡樂安康

∞

在香花的水中沐浴
彩色艷服像一朵花
巫靈起伏迴旋停留
燦爛光亮無邊無際
神殿安靜肅穆
與日月齊放光芒
駕龍車，穿帝服
隨意翺遊四處流蕩

靈皇皇兮既降
猋遠舉兮雲中
覽冀州兮有餘
橫四海兮焉窮
思夫君兮太息
極勞心兮𢥞𢥞

∞

湘君

君不行兮夷猶
蹇誰留兮中洲
美要眇兮宜修
沛吾乘兮桂舟
令沅湘兮無波
使江水兮安流

神靈降臨盛大光明
迅速狂飆遠至雲中
俯看江山盡在腳下
九州四海遨遊不完
想念祢啊嘆息深長
勞苦思念憂心忡忡

∞

祢為何遲疑猶豫
為誰停留在水中沙洲
打扮起來美麗優雅
桂木的船快速航行
命令沅水湘江無波濤
命令江水平安緩和

望夫君兮未來
吹參差兮誰思
駕飛龍兮北征
邅吾道兮洞庭
薜荔柏兮蕙綢
蓀橈兮蘭旌
望涔陽兮極浦
橫大江兮揚靈
揚靈兮未極
女嬋媛兮為余太息
橫流涕兮潺湲
隱思君兮陫側
桂櫂兮蘭枻
斲冰兮積雪

極目遙望祢還未來
長短簫管為誰吹響
駕駛龍舟向北航行
我的路途在洞庭迴轉
薜荔的簾幕，香蕙的船帳
蓀草飾船槳，蘭草繫旌旗
遠遠眺望涔陽水岸
神靈飛揚橫渡大江
神靈的船總到不了
侍女深情低徊為我嘆息
眼淚流成汩汩長河
心中思念隱隱作痛
划動桂木船，木蘭做槳櫓
鑿開堅冰積雪

采薜荔兮水中
搴芙蓉兮木末
心不同兮媒勞
恩不甚兮輕絕
石瀨兮淺淺
飛龍兮翩翩
交不忠兮怨長
期不信兮告余以不閒
朝騁騖兮江皋
夕弭節兮北渚
鳥次兮屋上
水周兮堂下
捐余玦兮江中
遺余佩兮澧浦

在水中採山上的薜荔
在樹梢尋找水中荷花
心意不同徒勞媒人往返
恩愛不深輕易斷絕
石間湍瀨急流
龍舟迅速前行
交往不忠怨恨長久
不守信諾卻告訴我沒時間
白日奔馳江邊
傍晚在北渚等候
歸鳥棲息屋上
水流屋外迴環
把玉玦丟進江中
把玉珮拋進澧水

采芳洲兮杜若
將以遺兮下女
時不可兮再得
聊逍遙兮容與

∞

湘夫人

帝子降兮北渚
目眇眇兮愁予
嫋嫋兮秋風
洞庭波兮木葉下
登白薠兮騁望
與佳期兮夕張
鳥何萃兮蘋中
罾何為兮木上

芬芳的沙洲採摘杜若
香花送給祢的侍女
時光即逝不會再來
隨意遊玩開心度日

∞

帝王之子降臨北渚
遠望不見祢使我憂愁
秋風搖動條條枝椏
洞庭起波落葉飄飛
放眼眺望秋草連天
等候佳期安排妥當
鳥為何聚集水藻中
魚網為何張在樹上

沅有芷兮澧有蘭
思公子兮未敢言
荒忽兮遠望
觀流水兮潺湲
麋何食兮庭中
蛟何為兮水裔
朝馳余馬兮江皋
夕濟兮西澨
聞佳人兮召予
將騰駕兮偕逝
築室兮水中
葺之兮荷蓋
蓀壁兮紫壇
播芳椒兮成堂

沅水岸有白芷，澧水有蘭
想念公子不敢言語
心境迷惘只有眺望
看流水潺湲流蕩
麋為何在庭院吃草
蛟龍怎麼陷於淺水灘
我騎馬江邊奔走一天
傍晚渡河到西岸
聽到美麗佳人召喚我
將駕車飛騰與祢同遨翔
在水中修築居室
屋頂蓋滿荷葉
蓀草飾牆壁，紫貝砌中庭
廳堂完成，塗滿芳香花椒

桂棟兮蘭橑
辛夷楣兮葯房
罔薜荔兮為帷
擗蕙櫋兮既張
白玉兮為鎮
疏石蘭兮為芳
芷葺兮荷屋
繚之兮杜衡
合百草兮實庭
建芳馨兮廡門
九嶷繽兮並迎
靈之來兮如雲
捐余袂兮江中
遺余褋兮澧浦

桂木為棟樑，蘭木做椽子
辛夷木做門楣，白芷飾寢間
薜荔藤蔓掛帷幔
劈開蕙草做隔屏，陳設妥當
白玉做了蓆鎮
石蘭滿屋芳香
荷葉屋頂上綴滿香芷
圍繞濃郁氣味的杜衡
庭院中擺滿各種花草
廊簷下一長列香花
九嶷山諸神迎接
神靈降臨如彩雲燦爛
把我的衣裳丟進江中
把我的內裙扔進澧水

搴汀洲兮杜若
將以遺兮遠者
時不可兮驟得
聊逍遙兮容與

∞

大司命

廣開兮天門
紛吾乘兮玄雲
令飄風兮先驅
使涷雨兮灑塵
君迴翔兮以下
踰空桑兮從女
紛總總兮九州
何壽夭兮在予

在沙洲上採摘杜若
想把芳香送給遠方的人
時光即逝不會再來
隨意逍遙且共徘徊

∞

天門大開
我車駕四周滾滾烏雲
命令迅捷旋風先導
命令傾盆暴雨清洗塵埃
神從天空盤旋而下
我越過空桑山跟隨祢
天下千萬眾生
長壽短命操之在我

高飛兮安翔
乘清氣兮御陰陽
吾與君兮齊速
導帝之兮九坑
靈衣兮被被
玉佩兮陸離
壹陰兮壹陽
眾莫知兮余所為
折疏麻兮瑤華
將以遺兮離居
老冉冉兮既極
不寖近兮愈疏
乘龍兮轔轔
高馳兮沖天

高高飛起安靜盤旋
乘著清風駕御陰陽
我陪伴祢疾速遠去
引導祢到九州大地
神靈的衣衫隨風飄動
身上玉珮閃耀燦爛
陰陽生死的變化
沒有人知道是我所操控
採摘疏麻的玉色花朵
要奉獻給遠方的人
衰老漸漸到了盡頭
不更親近會越加疏遠
乘駕龍車轟轟而行
高馳飛起沖上九天

結桂枝兮延竚
羌愈思兮愁人
愁人兮奈何
願若今兮無虧
固人命兮有當
孰離合兮可為

∞

少司命

秋蘭兮麋蕪
羅生兮堂下
綠葉兮素枝
芳菲菲兮襲予
夫人兮自有美子
蓀何以兮愁苦

拿一束桂枝延頸遙望
想起生死心緒愁煩
煩愁也莫可奈何
但願今生沒有虧心事
人命長短自有定數
聚散離合又能何為

∞

紫色秋蘭白色麋蕪
蔓延盛開在神堂下
碧綠葉子素白柔枝
一陣陣濃郁香氣襲來
人都有美好對象
祢為什麼如此愁苦

秋蘭兮青青
綠葉兮紫莖
滿堂兮美人
忽獨與余兮目成
入不言兮出不辭
乘回風兮載雲旗
悲莫悲兮生別離
樂莫樂兮新相知
荷衣兮蕙帶
儵而來兮忽而逝
夕宿兮帝郊
君誰須兮雲之際
與女沐兮咸池
晞女髮兮陽之阿

秋蘭如此盛開
綠色葉子紫色的莖
神堂裡都是美麗佳人
祢單獨與我眉目傳情
回來時不言語，出外不告辭
駕乘旋風雲旗飄忽不定
沒有比生死別離更大的悲痛
沒有比知己新識更大的歡樂
荷花的衣服，蘭蕙的裙帶
忽然而來忽然逝去
傍晚投宿在天庭郊野
在雲之端祢等待誰
我與祢在咸池沐浴
在日出之地曬乾頭髮

望美人兮未來
臨風怳兮浩歌
孔蓋兮翠旍
登九天兮撫彗星
竦長劍兮擁幼艾
蓀獨宜兮為民正

∞

東君

暾將出兮東方
照吾檻兮扶桑
撫余馬兮安驅
夜皎皎兮既明
駕龍輈兮乘雷

遙望不見祢的蹤影
迷惘茫然臨風高歌
孔雀尾羽為華蓋，翠鳥羽毛做旌旗
登上九天撫觸彗星
手持長劍護佑幼小生命
只有祢是萬民的主宰

∞

日出破曉東方漸亮
陽光照亮扶桑欄杆
我的馬安穩奔馳
黑夜將被光明照亮
轟隆隆龍車如雷聲響

載雲旗兮委蛇
長太息兮將上
心低佪兮顧懷
羌聲色兮娛人
觀者憺兮忘歸

緪瑟兮交鼓
簫鐘兮瑤簴
鳴篪兮吹竽
思靈保兮賢姱
翾飛兮翠曾
展詩兮會舞
應律兮合節
靈之來兮蔽日
青雲衣兮白霓裳

飄動雲旗空中飛揚
長長嘆息緩緩上升
低迴徘徊眷戀四顧
美妙樂舞令人歡娛
觀者欣悅忘了回家

緊繃琴絃打起鼓聲
金鐘撞擊震動木架
吹響篪，吹響竽
巫靈端莊又美麗
像翡翠鳥展翅飛翔
唱起歌，跳起舞
應和旋律配合節奏
神靈降臨遮蔽天空
青雲做衣白虹製裳

舉長矢兮射天狼
操余弧兮反淪降
援北斗兮酌桂漿
撰余轡兮高馳翔
杳冥冥兮以東行

舉長箭射向天狼
手持木弓淪降人間
天上北斗盛酒痛飲
拉緊韁轡馬車飛馳
宇宙浩渺我自東行

∞

河伯

與女遊兮九河
衝風起兮橫波
乘水車兮荷蓋
駕兩龍兮驂螭
登崑崙兮四望
心飛揚兮浩蕩
日將暮兮悵忘歸

與祢在九河遊玩
衝起風濤，橫湧起波浪
水中駕車荷葉為蓋
兩匹龍螭拉起車駕
登上崑崙眺望四方
心緒飛揚胸懷浩蕩
日暮時分悵惘忘歸

惟極浦兮寤懷
魚鱗屋兮龍堂
紫貝闕兮朱宮
靈何為兮水中

乘白黿兮逐文魚
與女遊兮河之渚
流澌紛兮將來下

子交手兮東行
送美人兮南浦
波滔滔兮來迎
魚鱗鱗兮媵予

∞

望水盡頭思念難眠
魚鱗砌成屋，龍鱗飾廳堂
紫貝殼砌門，珍珠鑲宮殿
祢為何居住在水中

駕乘大鱉馳趕魚群
與祢同遊在河邊沙渚
融冰片片隨水流下

雙手交握祢要東行
送美人回南方水邊
波濤滾滾迎接我
魚群紛紛來陪伴隨從

∞

山鬼

若有人兮山之阿
被薜荔兮帶女羅
既含睇兮又宜笑
子慕予兮善窈窕

乘赤豹兮從文狸
辛夷車兮結桂旗
被石蘭兮帶杜衡
折芳馨兮遺所思
余處幽篁兮終不見天
路險難兮獨後來

表獨立兮山之上
雲容容兮而在下
杳冥冥兮羌晝晦

彷彿有人在山林角落
披著薜荔纏繞女羅藤蔓
含情脈脈淡淡微笑
祢愛慕我的美麗窈窕

駕乘赤豹，彩斑狐狸陪侍
辛夷香木做車，插桂枝為旗
披戴石蘭與杜衡香草
摘下芬芳花朵給思念之人
我身在竹篁深處不見天日
路途艱險困難遲延到來

獨自站立在高山之巔
雲海滾滾在下面翻騰
深杳幽冥白晝如此晦暗

東風飄兮神靈雨
留靈修兮憺忘歸
歲既晏兮孰華予
采三秀兮於山間
石磊磊兮葛蔓蔓
怨公子兮悵忘歸
君思我兮不得閒
山中人兮芳杜若
飲石泉兮蔭松柏
君思我兮然疑作
雷填填兮雨冥冥
猨啾啾兮狖夜鳴
風颯颯兮木蕭蕭
思公子兮徒離憂

東風飄起神靈灑雨
想挽留祢卻忘了歸路
歲月逝去我還有多久華美
在山間採擷延年的靈芝
石塊磊磊葛藤蔓蔓纏結
怨恨祢啊，悵惘忘了歸去
祢也想念我，只是無空閒吧
山中生命芬芳如杜若
渴飲山泉睡在松柏樹下
祢思念我嗎？令人懷疑
雷聲震震陰雨濛濛
白猿厲吼黑猴夜鳴
風颯颯，木蕭蕭
思念祢，徒然憂苦淒傷

國殤

操吳戈兮被犀甲
車錯轂兮短兵接
旌蔽日兮敵若雲
矢交墜兮士爭先
凌余陣兮躐余行
左驂殪兮右刃傷
霾兩輪兮縶四馬
援玉枹兮擊鳴鼓
天時懟兮威靈怒
嚴殺盡兮棄原野
出不入兮往不返
平原忽兮路超遠

持鋒利戈矛，披犀牛皮甲
戰車轂輪交錯，短刀相接
旌旗遮蔽太陽，敵人如雲湧來
箭矢紛紛墜落，戰士爭先廝殺
侵犯踐踏我的行列隊伍
左馬殪死，右馬負傷
車輪陷埋土中，縶絆四馬
揚起玉飾鼓槌，用力擊打
上天懲罰詛咒，神靈暴怒
殘酷廝殺，屍體遍棄原野
魂魄飄忽不再回來
廣漠原野，路途如此遙遠

帶長劍兮挾秦弓
首身離兮心不懲
誠既勇兮又以武
終剛強兮不可凌
身既死兮神以靈
魂魄毅兮為鬼雄

∞

禮魂

成禮兮會鼓
傳芭兮代舞
姱女倡兮容與
春蘭兮秋菊
長無絕兮終古

帶著長劍，手持秦弓
頭與身體分離，心無悔恨
這樣勇武的魂魄
永遠剛強不可凌辱
肉體已死，精神長存
堅毅魂魄，鬼中稱雄

∞

典禮完成鼓聲齊鳴
傳遞鮮花輪番起舞
美麗女子和唱，緩緩舞動
春蘭秋菊，歲月交替
香花供奉不絕，直到永遠

附錄 雲門舞集簡介

根據古籍，「雲門」是中國最古老的舞蹈，相傳存在於五千年前的黃帝時代，舞容舞步均已失傳，只留下這個美麗的舞名。

一九七三年春天，林懷民以「雲門」做為舞團的名稱。這是台灣第一個職業舞團，也是所有華語社會的第一個當代舞團。

雲門的舞台上呈現了一百六十多齣舞作，古典文學、民間故事、台灣歷史、社會現象的衍化發揮，乃至前衛觀念的嘗試，雲門舞碼豐富精良。多齣舞作因受歡迎，一再搬演，而成為台灣社會兩三代人的共同記憶。二〇一二年，舞團在台北國家戲劇院呈現第二〇〇〇場的公演。

從台北的國家戲劇院，到各縣市文化中心、體育館、鄉鎮學校禮堂，雲門在台灣定期與觀眾見面；每年輪流在各城市舉行戶外演出，吸引數萬觀眾參與。演出結束後，會場沒有留下任何垃圾紙片，建立了美好的廣場文化。

雲門也經常應邀赴海外演出，是國際重要藝術節的常客。舞團在台灣及歐、美、亞、澳各洲兩百多個舞台上演出，以獨特的創意，精湛的舞技，獲得各地觀眾與舞評家的熱烈讚賞：

《中時晚報》：當代台灣最重要的活文化財。

倫敦《泰晤士報》：亞洲第一當代舞團。

法蘭克福《匯報》：世界一流現代舞團。

二〇〇三年，《紐約時報》首席舞評家安娜・吉辛珂芙將雲門的『水月』列為該年最佳舞作的首選；為澳洲墨爾本藝術節揭幕的『行草　貳』，榮獲時代評論獎及觀眾票選最佳節目；二〇〇四、二〇〇五年，『行草　貳』、『狂草』獲台新年度表演藝術獎；二〇〇六年，德國《國際舞蹈》與《今日劇場》雜誌邀請歐陸重要舞評家，共同遴選「行草三部曲」為「年度最佳舞作」。

雲門舞者多為國內舞蹈科系畢業生，他們的訓練包括現代舞、芭蕾、京劇動作、太極導引、靜坐與內家拳。

林懷民與雲門的故事，由楊孟瑜撰寫成《飆舞》一書，天下文化公司出版；張照堂監製的《踊舞・踏歌　雲門三十》紀錄片，由公共電視製作發行。

多齣雲門作品也拍攝為舞蹈影片問世。在荷蘭攝製的《流浪者之歌》，在法國攝製的《水月》，在德國拍攝的《竹夢》，以及在瑞士拍攝的《行草　貳》，為多國電視台播放，並製成DVD發行全球。《雲門．傳奇》舞作套裝DVD由金革發行。

一九九八年，雲門創立雲門舞集舞蹈教室，以多年專業經驗創造「生活律動」教材，讓四歲到八十四歲的學員，透過啟發性的教學，認識自己的身體，創造自己的生命律動。

一九九九年，雲門在創立二十六年後成立子團「雲門2」，深入台灣各地校園和社區，為更多的觀眾演出。舞團的年度公演『春鬥』，呈現台灣編舞家的作品。二〇〇〇年啟動的「藝術駐校活動」，獲得大專院校學生熱烈好評，已有超過四千位學生選修。二〇〇七年開啟「藝術駐縣活動」，舞團進駐城鄉，深耕地方藝術推廣。

二〇〇三年，雲門三十週年，台北市政府特別將雲門辦公室所在地的復興北路二三一巷定名為「雲門巷」，「肯定並感謝雲門舞集三十年來為台北帶來的感動與榮耀。」

二〇一〇年，中央大學鹿林天文台將新發現的小行星命名為「雲門」，表彰雲門在藝術上的成就。

林懷民指導舞者排練。左起林懷民、張秀萍、汪志浩。（攝影／謝安）

國家圖書館出版品預行編目資料

九歌：諸神復活／蔣勳作 .-- 二版 .-- 臺北市：
遠流 , 2012.08
面； 公分 .--（綠蠹魚叢書；YLK39）
ISBN 978-957-32-7026-3（平裝）

855　　101013496

綠蠹魚叢書 YLK39

九歌：諸神復活

原《舞動九歌》

作者：蔣勳
出版四部總編輯暨總監：曾文娟
資深主編：鄭祥琳
企劃：王紀友
行政編輯：江雯婷
美術設計：雅堂設計工作室
協力製作：財團法人雲門舞集文教基金會

發行人：王榮文
出版發行：遠流出版事業股份有限公司
地址：臺北市南昌路二段 81 號 6 樓
電話：（02）2392-6899　傳真：（02）2392-6658
郵撥：0189456-1

著作權顧問：蕭雄淋律師
法律顧問：董安丹律師
2012 年 8 月 1 日 二版一刷
2012 年 10 月 16 日 二版二刷
行政院新聞局局版臺業字第 1295 號
定價：新台幣 350 元（缺頁或破損的書‧請寄回更換）

ISBN 978-957-32-7026-3
YLib 遠流博識網 http://www.ylib.com
E-mail: ylib@ylib.com